大人の領分

シャーロット・ラム 作
大沢 晶 訳

ハーレクイン・ロマンス

東京・ロンドン・トロント・パリ・ニューヨーク・アムステルダム
ハンブルク・ストックホルム・ミラノ・シドニー・マドリッド・ワルシャワ
ブダペスト・リオデジャネイロ・ルクセンブルク・フリブール・ムンバイ

FOR ADULTS ONLY

by Charlotte Lamb

Published by Harlequin Japan,
a Division of K.K. HarperCollins Japan, 2025

シャーロット・ラム

第2次大戦中にロンドンで生まれ、結婚後はイギリス本土から100キロ離れたマン島で暮らす。大の子供好きで、5人の子供を育てた。ジャーナリストである夫の強いすすめによって執筆活動に入った。2000年秋、ファンに惜しまれつつこの世を去った。ハーレクイン・ロマンスやハーレクイン・イマージュなどで刊行された彼女の作品は100冊以上にのぼる。

主要登場人物

スザンナ・ハワード……………画家。
アレックス…………………………スザンナの弟。
イーアン……………………………アレックスのルームメイト。
ジョニー・ヘンドリクス…………スザンナのボーイフレンド。
ニール・アードリー………………会社社長。
シーアン……………………………ニールの妹。
リディア……………………………ニールの祖母。
ウェスト夫人………………………ニールの家の家政婦。

1

どこのどんなすき間から寝室に入り込んできたのやら、大きな青蠅《あおばえ》が一匹、うるさい羽音をたてながらスザンナの耳もとを飛び回っていた。安眠妨害の犯人を懲らしめようと、彼女は片手を持ち上げて耳のそばで振り回したが、不思議なことに音は少しも小さくならない。突然、蠅など最初からいなかったことがわかった。玄関のブザーが鳴っているのだ。

眠い目をやっと開けて枕もとの置き時計を見る。午前九時。「大変！　寝過ごしちゃったわ」スザンナは慌てふためきながらピンクの絹のガウンをつかんで袖をさがした。ベッドから飛び下りてガウンのベルトを結んでいる間も、ブザーは間断なく鳴り続けている。「はい、はい、今行きますってば！」彼女は気短な訪問者に閉口しながら小声でつぶやき、化粧台の鏡にちらりと目をやった。今の今まで熟睡していたのだから無理もないが、顔は腫《は》れぼったく茶色の髪も乱れている。どう見ても客を迎えるような姿ではない。

せめてもの気休めに髪を手でくしけずりながら、スザンナは寝室を飛び出してアパートの戸口に走った。いったい誰が訪ねてきたのだろう。ジョニーなら、こんな早い時間に来るはずはないし……。

ドアを開けたとたん、片手を突っかい棒代わりにして壁にもたれていた男が、かみつくような顔でスザンナをにらみつけた。もっとも、文字どおりの意味でかみつこうと思えば相当に骨が折れることだろう。百六十センチちょうどのスザンナに対して、男は百九十センチ近い上背の持ち主だった。

「君がスザンナ・ハワードだな？」

「そうですが、とりあえず壁から離れていただけませんか？」男が突っかい棒に使っている片手が、まともにブザーを押さえつけているのだ。「うるさくって、頭が痛くなりますわ」

男がゆっくりと体を起こして手を下げ終わる前に、スザンナは早くも三つのことを理解していた。第一に、この男とは今が正真正銘の初対面だということ。二番目に、相手は何事かでひどく怒っており、最後の三つ目は、自分が相手を非常に虫の好かない男だと思っているということだった。

「ご用はなんですか？」というスザンナの問いに対して、男は不機嫌に眉をつり上げた。

「僕はニール・アードリーだ」というのが返事。スザンナは冷ややかに男を見つめた。そんな名前に心当たりはない。「おや、知らないふりをするつもりかね？」

「ふりも何も、生まれて初めて承るお名前ですわ、ミスター……なんとおっしゃいましたっけ？」

「アードリーだ。ニール・アードリー」子どもにお説教するような見下した言い方だ。スザンナはドアを開ける前にチェーンをかけておくべきだったかもしれないと思い始めた。だが、うららかな日曜日の朝、人というより巨大戦車のごとき物体がドアの外に出現しようなどと誰が予知できるだろう。突然、アードリーなる男が大声を出した。「僕の妹を返してもらおうか」まるで部屋の奥にいる誰かに向かってしゃべっているような感じだ。「ここにいることはわかっている。なんとしても連れて帰るぞ！」

「いったいなんの話です？」スザンナは本気で身の危険を感じ始めた。この男は狂っているのだろうか。

「君と謎々《なぞ》ごっこをして遊ぶ気はないんだよ、ミス・ハワード」男の太い眉が一文字につながり、その下の灰色の目が凶暴そうな光を放った。

「私だって、遊ぶどころの気分じゃございません」

スザンナは勝ち気に言い返した。「どこで私の名前と住所をお調べになったのか知りませんけれど、何かのお間違いじゃないんでしょうか。妹さんのお名前は？」

「シーアンだよ、君も知ってのとおりに。くだらん話をしている暇はない。さっさと妹をここへ連れてきてくれ。さもないと、僕が中に入って自分でさがし出すぞ」脅迫じみた低い声だ。

「勝手に人の家の中をさがし回るつもり？　そんなこと、誰がさせるものですか！」男が今にも玄関の中に踏み込んできそうな気配を察して、スザンナは急いで前に立ちはだかった。「私はシーアンなんて人に会ったことはないし、名前を聞いたのも初めてだわ。いったい全体、これはどういうことなの？」

「迫真の演技だな」いまいましげな薄笑いが男の唇の端に表れて消えた。「この純真そうな茶色の目にころりとだまされる人間がいたとしても不思議ではないが、あいにく僕には通用しないぞ。おとぎばなしは五歳の年に卒業してしまったんだ」

「早熟な天才少年であらせられたようね」スザンナは大男の顔を下からにらみ上げた。「でも、本当に妹さんをさがしているのなら、どこか別の場所へ行ってちょうだい。そもそも、なぜ私のところへ……」

「君の弟のルームメイトがここを教えてくれた」

スザンナは思わず眉を寄せてまばたきした。「イアンが？」

「やれやれ、やっと話が通じるようになったらしい」ニール・アードリーが皮肉たっぷりに言った。「そのルームメイト氏も、最初は君と同じようにしらばっくれていたが、僕はなだめたりすかしたりして、ようやく真実を聞き出してきたんだよ」

「なだめたり、すかしたり？」ぼんやりとつぶやきながら、スザンナは目の前の大男の頭のてっぺんから足のつま先まで、ゆっくりと眺め回した。この男は弟のアレックスを知っているのだろうか。

　ニール・アードリーが無言でうなずいた。灰色の目に宿る鋭い光を見れば、彼がどんな方法でイアンを〝なだめすかし〟たかは容易に想像できる。

「イアンも気の毒に……。今、どこの病院で治療を受けているの？」

「察しのいいことだ」男は苦りきった顔で言った。「さて、君の頭の良さは十二分にわかったから、そろそろ妹を返してくれないか」

「まだわからないの？　このアパートには私のほかに猫の子一匹いない……」スザンナははっと口を閉じた。若い女の独り暮らしだということをわざわざ教えてやったのは賢明といえるだろうか。むずがゆいような不安が首筋の辺りを走る。彼女は急いでドアに飛びついて訪問者を締め出そうとした。しかし、ニール・アードリーは巨体に似合わない敏しょうさでドアをいっぱいに押し開け、その反動でスザンナがよろめいているすきに足音も荒くアパートの中に踏み込んでしまった。

「何をしてるかわかっているの？　早く出てってちょうだい！」早くも通路から寝室に入ろうとしている男を追いかけながら、スザンナは大声で叫んだ。

　彼女が息せき切って寝室に飛び込んだとき、ニール・アードリーは洋服だんすの戸を開けて、たんすの中を隅々まで手探りしていた。収穫がないとわかると、彼は寝乱れたベッドを不機嫌ににらみつけながら巨体を折り曲げ、ごていねいにもベッドの下の暗がりに頭を突っ込んだ。

「今すぐ私のアパートから出ていきなさい！」スザンナは怒り心頭に発して言い渡した。「さもないと、住居不法侵入罪で警察を呼ぶわよ」

　男はようやく立ち上がって寝室の外に出たが、そのまま玄関に向かうと思いの外、すぐ横のドアを開けて平然と浴室に入り込んだ。

　彼が廊下に出てくるのを待たず、スザンナは居間に走り込んで電話の受話器を握った。指先が震え、うまくダイアルを回せずにてこずっていると、肩の後ろから大きな手が伸びてきて受話器を無理やりもぎ取り、すばやく電話機に戻してしまった。

　スザンナはガウンの前をしっかりと合わせながら振り向いた。ひょっとすると、肩越しにネグリジェの中をのぞかれてしまったかもしれない。

「妹はどこにいる？」押し殺した声でニール・アードリーがたずねた。

「だから言ったでしょう！　あなたの妹さんなんて私、見たことも聞いたこともないわ。何がどうなってるのか、さっぱりわからないけれど、あなたが私のアパートに無理やり押し込んできて家捜《やさが》しする権利は絶対にないはずよ」顎を上げ、断固とした口調で言いながら、スザンナは相手が腕力に出た場合に備えて部屋の中を目でさがした。暖炉の上にあるしんちゅうの燭台《しょくだい》——あれなら武器に使えそうだ。

　スザンナの茶色の目をにらみつけていた男が、彼女の視線の方向に顔を向けて心得顔につぶやいた。

「君の作戦は成功しないよ。今のうちにあきらめたまえ」次の瞬間、スザンナの体は宙に浮き上がった。男が彼女の腰を両手で挟んで軽々と持ち上げたのだ。スザンナは相手の頭や顔に平手打ちの雨を降らせたが、男は構わず壁際に歩いていき、そこにあった長椅子の上に彼女を投げ下ろした。そして、獲物の品定めをするかのように、長椅子の真ん前に立ちはだかって彼女の全身をじろじろと見回した。

　スザンナの薄手のガウンの下は、これまた非常に薄手のネグリジェ一枚きりだ。たまらない心細さに襲われ、彼女はガウンを喉もとでしっかりと重ね合わせながら長椅子の背に体を押しつけた。早めに悲鳴をあげて助けを呼ぶべきだろうか。しかし、それがかえって相手を逆上させてしまう危険性もある。

「妹は、つい五週間ほど前に女子校を卒業したばかりの十七歳なんだぞ、ミス・ハワード」長い沈黙を破った声の調子で判断する限り、彼が逆上する気配は今のところなさそうだ。「そして、この秋には大学へ進むことになっている。結婚には早すぎるし、まして君の弟と結婚するなど、もってのほか……」

「結婚――アレックスと?」スザンナはすっとんきょうな声をあげ、我が身を心配することも忘れて大きく体を乗り出した。「あなたの妹さんはアレックスと結婚したがっているの?」

太い二本の指が一本につながった。「事実をねじ曲げないでくれ。君の弟がシーアンと結婚したくてかけ落ちをくわだてたんじゃないか。若僧のわりに、ずる賢くて野心的な男のようだが、僕を甘く見たのは大間違いだな。僕は、ああいう人間に妹の一生を台無しにさせる気など毛頭ないんだよ」

いつもは穏やかでユーモアに富んだスザンナの目が怒りの火花を散らした。「私の弟のことを、どの程度に知ったうえでしゃべっているの?」

「すべて知ったうえで、だよ。昨日、私立探偵を使って何から何まで調べさせたんだ――預金の残高がゼロに等しいことも、過去二年間に三度も職を変えたことも。ついでに言ってやると、彼は近日中に四度目の職さがしをすることになるだろう。僕は、あんな男に会社で働いてもらいたくないんだよ」

「あなたの会社だとでもいうの?」この男か自分か、どちらかの頭がおかしくなっているに違いないとスザンナは思った。「アレックスが働いている会社の社長には一度しか会ったことがないけれど、いくら考えても、それがあなただったとは思えないわ」

「君の弟の勤務先ぐらい知っているよ」じゃあ言ってごらんなさいと催促するべくスザンナが口を開けたとき、ニール・アードリーがもどかしげに機先を制した。「ボンド街の広告代理店、ホートン＝エルクス＆ウィルマー社。社長の名前はホートンだ」

スザンナは開けた口を閉じて眉を寄せた。幸か不幸か、まさにそのとおりだ。そして、アレックスが過去に転々と職を変えたというニール・アードリーの指摘も事実ではある。ただし、いずれの場合も当人の意思で退職したのであって、解雇されたことはただの一度もない。転職の動機は常に〝今の仕事はつまらない。働きがいがない〟という、それだけだ。頭がよいうえに誰からも好かれる明るい性格が幸いするのか、町に失業者があふれている時代なのに転職は今までのところ不思議なほど順調に成功してきたが、スザンナは姉として気が気でなかった。

失業期間中の弟に生活費を貸してやることが迷惑だというのではない。アレックスは本当に必要な額以上は絶対に借りようとしないし、新しい職場で給料をもらうようになると、何はさておいても姉への借金をきれいに返済してしまう。そういう金銭感覚は堅実そのものといってもいいのだが、問題は、いつになったら一つの職場に落ち着いてくれるのか、ということだ。転職を重ねれば重ねるほど再就職の門戸が狭まることは目に見えているだけに、今度の広告代理店は雰囲気も仕事内容も非常に気に入ったと弟から報告されたときは、肩の荷を下ろしたような気分になったものだ。しかし、この訪問者は……。

「あなたはいったい、どういう肩書きの人なの？」

途方に暮れたスザンナの問いに対して、ニール・アードリーは皮肉な冷笑を返してきた。「もちろん君は知らないと言うだろうさ」厚かましくもしらばっくれて、と彼の顔は言い添えていた。「君の演技にはいいかげんうんざりしてきたが、しかたない、もうしばらく付き合ってやろう。面倒な肩書きを省略して要点だけを言えば、僕はホートン＝エルクス＆ウィルマー社を支配下に置くところの会社を支配下に置いている人間だ」一語一語をかみ砕くような皮肉たっぷりの口調は、スザンナの怒りをかき立てることを明らかに意図したものだった。「そのことをもちろん君は知らなかったし、僕の妹がかなりの額の遺産相続人に指定されていることも知らなかったんだろう？」

あっけにとられて背筋を伸ばしたとき、スザンナは相手の服装に初めて目を留めた。ダークグレーの三つぞろい、ストライプ入りのワイシャツ、ワインレッドの絹のネクタイ。いずれも見るからに高価な品ばかりだ。彼女の一年分の被服費をつぎ込んだとしても、この三つぞろいの背広一着分に足りるかどうか怪しいようにさえ思えた。いずれにしても、この男が非常に裕福な暮らしをしていることだけは確かだ。しかし、大金持でありさえすれば、他人の家に押し込んででたらめな悪口雑言を並べることも許されるのだろうか。

「あなたこそ知らないようだから教えてあげるけれど、弟は人の財産をねらったりするような人間じゃないわ。金銭にはいたって無欲なのよ！」

「無欲？」ニール・アードリーは冷たく苦笑した。「きれいな言葉で僕を丸め込むつもりなんだろうが、それは過去に何人もの女性が試みて失敗した作戦だよ。とにかく、僕は議論しに来たんじゃない。妹を無傷のまま連れ戻そうと……」

「無傷？　どういう意味よ！」スザンナは血相を変えて食ってかかった。

「その意味を知らない年でもあるまいに」彼は見下しきった口調で言った。「妹の卒業した寄宿学校は特に風紀について厳格な教育方針を取っていて、公認のダンスパーティー以外の個人的な男女交際はいっさい認めていない。シーアンは文字どおり汚れを知らない純真な娘なんだよ」

スザンナは怒りで体が震えるのを感じた。「その純真な娘さんを、うちの弟が甘い言葉で誘惑したとでも思っているの？　彼女の受け継ぐ遺産金だけが目当てで？」

「それ以外に、どう思えというんだ？」ニール・アードリーが冷たくなじり返した。「シーアンは君の弟と結婚するという手紙を送りつけてきたきり姿を消してしまったんだぞ。もっとも、二人は手紙が僕の手に届くまでに数日かかると思っていたに違いない。予定を切り上げてニューヨークから早めに帰ってきたのは実に幸運だったよ。おかげで、昨日自宅に戻るとすぐ、配達されたばかりの手紙を読むことができたんだからな。僕は旅装も解かずに妹の寄宿先に駆けつけた。ところが、妹は同居させてくれている知人一家のフラットには鍵《かぎ》がかかっていて、誰も出てこない。いろいろと手を尽くして調べてみたら、なんと、彼らは数日前から家族だけで湖水地方へ旅行中だった！」ただでさえ険しい男の顔がますます険しくなった。「娘の独り暮らしは危険だと思えばこそ、知人に預けて出張に出かけたというのに、こんな無責任な話があるものか。僕の電話に対しても、シーアンはフラットでおとなしく留守番しているはずだ、の一点張りだ」彼の〝知人一家〟なる人々にスザンナは心からの同情を覚えた。この男との電話のあとでは、せっかくのレジャー気分も台無しになってしまったことだろう。

「かけ落ちの相手が私の弟だということは間違いないの？」ハンサムな好青年のアレックスにガールフレンドの二、三人がいても不思議ではないが、かけ落ちするほど思いつめた相手がいたなどとは……。

「二人はどこで知り合ったの？」

「職場に決まっているさ」ニール・アードリーはもどかしげに言った。「妹が夏休みにアルバイトをしたいと言うものだから、僕もそれはいい考えだと賛成して……おい、何がおかしい？」彼は、ふと笑いをかみ殺したスザンナの顔を見てどなった。

「ごめんなさい。ただ、何事であれ、あなたが賛成したということが、ちょっと信じられなくって」

「べつに、おもしろくもなんともないじゃないか」彼は不機嫌につぶやいて話を続けた。「そこで僕は広告会社の連中に話を通してやり、寝泊まりや食事のことは知人一家に頼んで、安心してニューヨークへ出張に出たんだ。それが三週間前のことだから、君の弟の手の早さには感服するよ」

「あなたの妹さんの、かもしれないわよね」

「冗談じゃない！　妹は、まだほんの子どもだぞ。彼女のことは僕がいちばんよく知っている」

「そして、アレックスのことは、姉の私がいちばんよく知っていましてよ、アードリーさん」スザンナは愛想よくほほ笑んで見せた。「だから、あなたの話がどうしても信じられなくって……。妹さんの手紙というのを見せてもらえないかしら」

相手の浅黒い顔に表れたわずかな紅潮の跡がスザンナを驚かした。「いや、断る。……とにかく、手紙には君の弟の名前がはっきり書いてあるんだ」

「それにしても、不思議な話ねえ」彼女は考え込みながらなかば独り言のようにつぶやいた。「あなたの話から考えて、アレックスは妹さんが出会った最初のボーイフレンドでしょう？　しかも、知り合って一カ月にもなっていないのに、なぜお兄さんのあなたにも相談しないで結婚を決めたり……」

「君の弟の入れ知恵さ」じれたような鋭い声が落ちてきた。「さあ、早く二人の居場所を教えてくれ。あのルームメイトは、二人が君のところへ行くと言ったのを自分の耳で聞いているんだぞ」

「教えてあげたくても、知らないものは知らないとしか言えないわ」

ニール・アードリーは不意に体を折り曲げ、恐ろしい形相でスザンナを真正面から見すえた。彼女はまたもや不安な気持になり、相手が背筋を伸ばしてもとの姿勢に戻ったときは心からほっとした。

「しゃべりたくなければ、それでもよかろう」しばらくの沈黙の後、ニール・アードリーは冷ややかに言った。「ただし、君が本当に弟のためを思うなら、僕が今から言うことを忘れずに伝えてやってくれ。シーアンが祖父の遺産を相続できるのは二十五歳になってからだ。今のところは僕を含む三人の遺言執行人がそれを管理し、信託基金の中から月々の手当てを渡してやっているが、状況によっては手当ての支給を打ち切る権限も我々にはある。従って、シーアンが君の弟と結婚すれば、これから先の七年間、彼女には一ペニーの金も入ってこないだろう。そのことさえわかれば、もう妹への執着はなくなるはずだが、念のために申し添えておくと、今夜の十二時までに妹が戻らなかった場合、僕は君の弟を誘拐犯人として警察に告訴するぞ」それだけ言うと、彼は唐突にきびすを返して居間の外に去った。数秒後、震えるような怒りのため身動きもできずにいたスザンナに、すさまじい音が突き刺さった。訪問者が玄関を出てドアを力まかせに閉めた音だ。

彼女は長椅子から飛び上がり、その足で浴室に駆け込んだ。手早く入浴と着替えを済ませ、トーストをコーヒーで胃袋に流し込むと、すぐにジョニーに電話をかける。今日は午前中に会って昼食をごちそうになる約束だったのだが……。

「ジョニー？　私よ、スザンナ。実は私……」

「うっかり寝過ごしたんだろう？」にんまりしたジョニーの顔が目に見えるようだ。「時間厳守をモットーにしているとか言ってたのは誰だっけ？」

「そうじゃないのよ、ジョニー」くったくのないボーイフレンドの声を聞いて、スザンナはほんの少し肩の力を抜くことができた。ジョニーは物事すべてを冗談か笑いの種にしてしまう才能の持ち主だ。彼が深刻に考え込む顔など想像もできない。夫にするには少々頼りない感じだが、そんな気はさらさらないのだし、単なる愉快な遊び友だちとしてなら、彼はまさにうってつけの青年だ。

「悪いんだけど私、急用で田舎の家に行かなくちゃならないのよ。アレックスに話があって……」スザンナは腕時計に目をやった。「そんなわけで、今日は会えないの。ごめんなさいね。この埋め合わせに、来週は私がごちそうさせてもらうわ」

「埋め合わせなんてことはどうだっていいが、どうしたんだい？　アレックスに何かあったのか？」

「そうじゃないことを祈るのみだわ」

「穏やかじゃないな。どういう事情か知らないが、なんなら僕が加勢についていってやろうか？」

「せっかくだけど、やっぱり一人で行くわ。これは、いってみれば身内の問題なの」

「わかった！　君はアレックス坊やのお尻をぶちに行くんだろう？」ジョニーは楽しげに笑った。

「なんとでもおっしゃいな」つられてスザンナも笑った。「じゃあ、またね。今日のこと、本当に悪かったわ」受話器を置くと、彼女は鏡の前へ飛んでいって軽く化粧をした。あるロマンチックな若者が彼女の容姿を評して〝若い雌鹿《めじか》のようだ〟と言ったことがある。ほんの少し赤みがかった茶色の髪と、これも茶色の、澄んだ大きな目からの連想らしいが、言われた当人が吹き出したものだから彼はすっかり気落ちしてしまった。

スザンナ自身はロマンチックどころか、あくまでも現実的かつ常識的、さらに特徴を挙げるとすれば、ユーモアのセンスに恵まれた人間だった。ジョニーと気が合うのも、たぶんそのせいだろう。二人とも互いを非常に楽しいデートの相手だとは考えているが、そこから恋が芽生える可能性は万に一つもない。いまだかつてスザンナは恋をしたこともなければ、恋をしたいと思ったことさえなかった。かといって、べつに男嫌いというわけではない証拠に、今もジョニーという年上のボーイフレンドがいるし、それ以前にも甘酸っぱいキスの思い出の二つや三つはある。それに、一生独身を貫く決意を固めているわけでもない。ともに平和な家庭を築けそうな相手さえ見つかれば、結婚するのも悪くないとは思っている。ただし、その男性から笑顔を向けられただけで卒倒しそうになったり、手を握られただけで宙に舞い上がるような心持ちになることは金輪際ないだろう。煎《せん》じつめれば、スザンナは愛とか恋といったものを、やや愚かしいものの部類に入れていた。

ところが、同じ両親から生まれながら、三つ年下のアレックスは姉と正反対の多感な理想主義者で、夢に向かって一直線に突進する性格だ。もし彼が本当にニール・アードリーの妹と恋に落ちているとすれば、事は非常に厄介になりそうだ。

スザンナはジーンズとブラウスの上に薄手のジャケットをはおりながらアパートの部屋を飛び出した。車は同じビルの地下駐車場に置いてある。その上の一階から三階には店舗や事務所が入っていて買い物や用足しにも何かと便利だ。場所が場所だけにアパートの家賃は決して安くないが、やはり都心に住む快適さは手放したくない。幸い、家賃に悲鳴をあげなくてもいいだけの収入もある。美術大学を出るとすぐにさし絵画家の道に入り、今では本の表紙のデザインや雑誌のイラスト等も含め、幅広い分野に活躍の場を与えられているのだ。

青い小型フォードで地上に出たスザンナは、行き交う車の間を縫いながら、サセックスに通じる道に車を進めていった。しかし、郊外に行けば行くほど、渋滞はひどくなる一方だ。今日はロンドン市民がこぞってサセックス方面に行きたがっているのだろうか。彼女は顔をしかめてため息をつき、小物入れからサングラスを取り出した。まぶしい太陽の下で運転していると決まって頭痛が起こるのだが、この渋滞と心配事のせいで、今日はなおさら頭が痛い。

田舎の家に行ってもアレックスがいなかったら？いや、必ずいるはずだ。ニール・アードリーから腕ずくで問いつめられたイアンは、学生時代からの親友をかばう最後の手段として、わざとあいまいに〝姉さんのところ〟と言ったに違いない。スザンナ自身は田舎の家を弟との共有物とみなしていたが、法的に見れば確かに彼女一人の財産なのだから、イアンが嘘《うそ》を言ったことにはならないだろう。

スザンナとアレックスの母は、子どもたちの生まれ育った家を娘に、現金のほとんどを息子に譲る旨の遺言状を残して二年前に死んだ。日付けによると、遺言状が作成されたのは二人の父親が亡くなって間もなくだから、アレックスが十五歳のときということになる。遺産金は彼が結婚した時点で正式に相続されるが、目下のところは信託に回されていて、たぶん五千ポンドぐらいにはなっているだろう。

昔なじみの顧問弁護士から遺言状の内容を聞いたとき、スザンナは驚いてきき返した。「アレックスではなくて、この私が？　二人の共有ということでもなく、私だけが家を相続するんですか？　そんなの、不公平ですわ。あの家なら、どんなに少なく見積もっても三万ポンドの価値が……」

「多めに見ても、二万五千でしょうな」と弁護士が口を挟んだが、スザンナは無視して話を続けた。

「とにかく、私は家を売ることにします。そして、その代金を二人で分けましょうよ、アレックス」

「あそこを売るなんて言わないでくれよ」とアレックスは答え、弁護士もすかさず彼の応援に回った。

「そうですとも。あの家は、お二人どちらかの子孫の手で代々ずっと守っていってほしいものだと、故人は口癖のように話しておられましたぞ」白髪の法律家は自分の孫のような年の二人の顔を見比べてほほ笑んだ。「いくつになられても、夢多き乙女のような心のご婦人でしたなあ」

「僕は母さんの遺志を尊重したい」アレックスが断固とした口調で言った。「頼むから家を売ったりしないでくれよ、スージー」

「スージーなんて呼ばないで」いつもの癖で口をとがらして抗議したものの、スザンナは結局、家を自分が相続して維持していくことに同意した。それでよかったのだと改めて痛感したのは、アレックスが所用で一足先に帰っていったあとだ。老弁護士の話によると、母は大金を手にした息子が向こう見ずな行動に走ることをひどく懸念し続けていたようだ。

「たとえアレックスが手持ちの金をつかい果たしたとしても、あの家に寝起きできれば少なくとも野宿の心配だけはせずに済むわけです。だからこそ、お母さんは彼でなくあなたの手に家をゆだねられたのでしょうが、それでは逆にあなたに不公平のように思えて、私は何度も遺言状の変更をお勧めしたのですよ。しかし、ついに耳を貸してはもらえなかった」

スザンナはゆっくりとうなずいた、「よくわかりました。あの家は当分の間、売らずに維持していきますわ。いつ何時、弟が大金を必要とするようになるかもわかりませんものね」

それから二年。田舎の家は二人の息抜きの場所として大いに役立ってきた。たまに友人たちに貸したりすることもあり、アレックスの友人に貸した場合の謝礼金は当然彼の懐に入るべきだとスザンナは主張し続けているが、自尊心の強い弟は一度たりとも受け取ったためしがない。そこで彼女は、あるときは手袋、あるときはワインの一本といった目立たない形で〝借り〟を返すことに苦心している。弟思いの姉、姉思いの弟という非常に仲のよい二人であるにもかかわらず、いわれのない援助を相手から受けることについては二人とも神経過敏なまでに慎重だ。〝受け取れ〟〝受け取れない〟の押し問答が口論に発展してしまうことも少なくない。

懐かしい小さな村に通じる田舎道に入ったのは正午をかなり回ったころだった。渋滞のせいで案の定かなり時間を取られてしまったが、遠くの家並みの向こうには生家を取り囲む木立の列が既に見え始めている。生け垣代わりの木立の枝には春になるとこまどりが巣を作りに来るし、真夏の夕立ちのあとは枝いっぱいに咲いた白い小花の香りが家の中にまで漂ってくる。小さな庭には、今年もまた夏の草花が色とりどりに咲き乱れていることだろう。

残念ながら、今のスザンナは帰郷の喜びにひたっていられない大問題を一つ抱えていた。思い過ごしであればいいが、どうもあとをつけられているような気がしてならないのだ。

その車が初めて目に留まったのは、ロンドンから南下してきた国道に別れを告げて脇道《わきみち》に入ったときのことだ。何台もの車の鋭いブレーキ音を背後に聞いてバックミラーを見ると、ベージュ色の大型セダンが国道の交差点の真ん中で無謀にも急停止をやってのけていた。どうやら、脇道に折れるべきところを忘れていて、慌ててブレーキを踏んだらしいが、危うく追突を免れた後続の車が盛大に抗議のクラクションを鳴らしたのは当然だった。そのときは常識外れのドライバーに眉をひそめただけで、スザンナは大して気にも留めずに運転を続けた。しばらくして、また別の道に入ったあとで、例のセダンが同じ道に曲がってくるのが見えたときも、あまりありがたくない道連れができたものだと苦笑した程度だ。しかし、そこから先、目的の村をめざして何度も右や左に折れたというのに、ふと気がつくと、その車は一定の距離を保ちながらも常に彼女の後方を走っているのだ。偶然の一致なのか、やはり意図があってのことなのか、ここまで来た今になっても、スザンナは最後の判断に迷って悩み続けた。

村の交差点が近づいてきた。そこを曲がると、残りの道は時間にして二分の直線だ。もう偶然の一致などと甘いことはいっていられない。あの車のドライバーはニール・アードリーに決まっている。向こうが尾行などという卑劣な手段を使うなら……。

スザンナは急ハンドルで交差点を曲がり、追跡者が視界から消えた一瞬のすきをねらってブレーキをかけた。続いて大急ぎで角を曲がってきたセダンは、目の前で停止した車の直後で狂ったようなブレーキの悲鳴をあげ、必死に方向を変えながら通り過ぎていった。スザンナは満足の笑いをかみ殺したが、何かわめきながら憤然と振り向いたドライバーの顔を見たとたん、息が止まるほどの衝撃に体を硬くした。

2

セダンを運転してしたのは古びたツイードのジャケットを着たごましお頭の男。年は五十歳前後だろうか。つまり、ニール・アードリーとは似ても似つかない別人だった。無理もない話だが、彼は烈火のごとくに怒っていた。男は乱暴に車を止めるなり、窓を開けて上体を半分ほども突き出し、こぶしを振り回しながらわめき散らした。声が割れて聞き取りにくい部分があったものの、公道での安全運転に関するもっともな意見だということは明らかだったので、スザンナは深く恥じ入りながら傾聴した。

「これだから、女にハンドルを握らせるなと言ってるんだ！」という怒声と、こぶしの最後の一振りを投げつけた後、男は車のアクセルを踏みつけて前方に去った、スザンナも気を取り直して運転を続けたが、とんでもない勘違いのために他人に迷惑をかけたという自責の念は、まだ苦く尾を引いていた。

生家は、その道が別の道にT字形にぶつかる角地に立っている。スザンナは生け垣の木立に寄せて車を止め、頼りにならない自分の勘が一つだけでも当たっていたことに安堵《あんど》しながら車を降りた。高い生け垣にはばまれて庭は見えないが、アレックスの陽気な声が聞こえている。それに呼応してあがった若い娘の笑い声も。

スザンナは生け垣の陰にたたずんで、しばし二人の声に耳を傾けた。草を踏んで走る足音や庭木の茂みをかき分ける音とともに、声は絶えずあちこちに移動している。どうやら、二人で隠れん坊をして遊んでいるらしい。お世辞にも高尚な遊びとはいえないし、決して高尚そうには見えないニール・アードリーでさえ、不機嫌に眉をひそめるに違いないが、遊んでいる当人たちはこのうえもなく幸せそうだ。

二人にとってありがたくない知らせを持ってきたスザンナとしては、庭に入っていくきっかけをなかなかつかめなかった。このままそっと立ち去ってはいけないのだろうか。アレックスも二十二歳のりっぱな大人なのだし、彼がシーアン・アードリーの存在を今まで一言も話さなかったのは、姉とはいえ第三者の出る幕ではないと考えたからだろう。弟が守りたがっているプライバシーをあえて侵害したいという気持にもなれなかった。しかし、ニール・アードリーが告訴も辞さないと明言した以上、このまま去っては弟を見殺しにすることになるだろうし……。

なおも迷い続けていたスザンナの耳が、庭の木戸のきしむ音をとらえた。木戸が開き、白のジーンズにピンクのトレーナーを着た娘が生け垣の外に飛び出してきた。長い黒髪を後ろに振り乱しながら肩越しに後ろを振り向いているので、スザンナが立っていることには気がつかなかったらしい。しかし、続いて木戸を飛び出してきたアレックスは、即座に姉に気づいて目を丸くしながら足を止めた。

「しばらくね、アレックス」弟の顔から見る見る笑いの影が消えていくのを気の毒に思いながら、スザンナはできるだけ静かな声で言った。

「あれえ、今日はジョニーとデートの約束をしてたんだろう？」アレックスは不思議そうに眉を寄せた。「それとも、いっしょに来てるのかい？」

「いいえ、私一人よ」スザンナは、石像のように立ち尽くしてうなだれてしまった黒い髪の娘に目をやった。十七歳ということだが、ほっそりした体つきといい、ものにおびえたような表情といい、まだ中学生といったほうがふさわしく見える。

アレックスが少女に歩み寄って優しく肩を抱いた。

「シーアンっていうんだ」紹介するというより、姉にけんかを売るかのような口調だった。「シーアン、僕の姉のスザンナだよ」

おずおずと顔を上げた娘に向かって、スザンナは笑顔で握手を求めた。「よろしくね、シーアン」娘がおっかなびっくり差し出してきた手は冷たく、心なしか震えているようでもあった。「二人とも、お昼は済ませたの？　私はぺこぺこなの。冷凍庫に何か残っていたかしら」

「僕らもまだだけど、チキンとサラダをどっさり買い込んできたから、よかったらそれを食べてくれてもいいよ」アレックスはきびすを返し、シーアンの腰に手を回して家の方に歩き始めた。スザンナも後ろに続く。彼女の視線が気になるのか、シーアンは助けを求めるようにアレックスの体につかまって歩いていた。

アレックスが芝生を刈り込んでくれたと見えて、庭には芝の新鮮な香りが一面に広がっていた。かぐわしいばらの香も漂ってくる。眠けを誘うような鈍い音は、花の蜜《みつ》を集めに来た蜂《はち》たちの羽音だろう。去年の冬からずっと家を締めきりにしていた当然の結果として花壇には庭土も見えないほどの雑草が生い茂っているが、それにもめげず、花々は元気に咲いてくれていた。ひなぎく、ポピー、きんぽうげ、スイートピー、まつむしそう。そして、なんといっても花壇の主役は、ビロードのような花びらを何重にも広げた真紅や純白のばらの花だ。

玄関横の壁に伸びた野ばらのつるにも無数の花がつき、こぼれた花びらが敷石の上に折り重なって、そこだけ美しいピンクの雪が降ったように見える。ただ残念ながら、緑と白に塗り分けた壁板のペンキはあちこちに亀裂《きれつ》を生じ、切妻屋根の赤いかわらも、たぶん冬の嵐《あらし》のせいで何枚か欠けてしまった。人手を頼んで本格的な修理に取りかからなければならないことは前々からわかっているのだが……。

「ついでだから、僕らもいっしょに食べるとするかな」玄関のドアを開けながらアレックスが言った。

「おや、ひどい音だ。あとでちょうつがいに油を差してやらなくちゃ。それで思い出した、屋根裏が雨もりするみたいだよ。それと、台所に蟻《あり》がいた。食器棚から床から、そこらじゅうにいて、いちおうは薬をまいておいたけど、どうやら床下に巣があるらしい」

スザンナは台所に行って周囲をぐるりと見回した。蟻の話さえ聞かなければ、母の生前そのままの清潔で便利な台所に見える。壁の一面には白いほうろうの流しと調理台、反対側には大きな食器棚、中央には白木のテーブルがあり、どの家具も年季の入りすぎた観があるとはいえ、母が丹精して磨き上げていただけに、ほっとするような居心地のいい空間になっている。

「お昼にする前に、ちょっと話があるのよ」スザンナは窓に触れんばかりに枝を伸ばしたライラックの花を見つめながら、抑揚のない声で言った。なんともつらい役回りだが、ここは心を鬼にするしかない。

「話って?」弟は警戒するように眉を寄せた。

空には明るい太陽が輝き、庭の花々の香りは家の中にまで広がっている。聞こえるものといえば、玄関ホールの壁にかかった柱時計の振り子の音だけ。たいそう静かで平和な世界だ。しかし、この平和が目に見えぬ黒い影によって浸食されつつあることをスザンナだけは知っていた。いや、目の前の二人も本能的に影の存在を感じ取ったのか、おびえた子どものように肩を寄せ合って彼女の顔を見つめていた。

「今朝、アパートに人が訪ねてきたの。ニール・アードリーという人」いやなことを早く済ませたい一心から、スザンナは小声の早口で言った。とたんにシーアンの顔は紙のように白くなり、アレックスは髪のつけ根まで真っ赤になった。

一、二秒の間を置いて、アレックスがゆっくりと口を開いた。「そんなはずはない。今はニューヨークに行っていて、帰ってくるのは何週間も先だよ」

「予定が変わったらしいの」スザンナは、顔をひきつらせたまま身動きもしないシーアンを見つめて言った。髪の色を除けば、ニール・アードリーとの共通点は一つも見当たらない。体は小柄で頼りないほどほっそりとしているし、目は野のすみれを思わせる控えめなブルーだ。その目が、今にも泣きだしそうにうるみ始めている。「彼は、あなたの手紙を昨日、自宅で受け取ったんですってよ」

シーアンの唇が震えながら開いたが、そこからはなんの音も出てこなかった。

「すると、姉さんは僕らの話を彼からすっかり聞かされたわけだ」アレックスが半分は独り言のようにつぶやいた。

「ええ。もっとも、最初のうちはなんの話だかわけがわからなかったわ。ニール・アードリーなんていう名前はおろか、ここにいるシーアンのことだって、私は一言も教えてもらっていなかったんですものね」スザンナは茶色の目で無表情に弟の顔を見つめた。

無理もないことだが、アレックスはひどく間の悪そうな顔つきになった。「ごめん。話したくても話せない事情がいろいろとあったんだよ」

「イアンには話せたけれど？」

「アパートではち合わせしたから、しかたなく紹介しただけで、結婚するなんてことまでは話していない。……すると、イアンが姉さんのことをアードリーにしゃべったのかい？」

スザンナは軽くうなずいた。「でも、イアンを責めちゃ気の毒よ。腕ずくで無理やり白状させられたらしいの」

「あの男のやりそうなことだ。あいつは金をためる能力しかない冷血動物さ。シーアンのことなんか、本当はこれっぽっちも気にかけちゃいないんだぜ。八年間も寄宿学校に閉じ込めておいて、学校が休みのときは父方のおばあさんの家に預けっ放し。自分じゃあほとんど会いにも来なかったそうだ。そのくせ、妹のすることなすことに、いちいち口を出して保護者づらをするんだから、たまらないよ」

ためらった末に、スザンナは優しく言った。「でも、シーアンが未成年者であることは事実よね？」

「だからなんだっていうんだ？」アレックスは悔しそうに食ってかかった。「五十歳になったって大人になりきれない人間はいるし、十六歳でもりっぱな大人と呼ぶべき若者だっている。大人と子どもの境い目に線なんか引けやしないよ」

「でも、法律によると……」

「法律なんて、たわ言さ。そもそも、法律を作っている連中が、たわけた人間ばかりじゃないか！」

笑っている場合ではないと思いつつも、スザンナは吹き出してしまった。「ええ、たぶんね。でも、その論法で警察が納得してくれるかどうかは疑問だわ」彼女は真顔に戻って弟とシーアンの顔を見比べた。「シーアンが今夜中に戻らないとニール・アードリーは警察に駆け込む気でいるのよ」

「警察に！」シーアンはアレックスの腕を両手で握り締めた。「ねえ、どうしましょう！」

「怖がることはない。警察に何ができるっていうんだ？　君はもうすぐ十八歳になるんだよ。十八歳になれば、どんな法律を持ってきたって……」

「アレックス」スザンナは弱々しくたしなめた。

「なんだい？」彼は額に落ちた茶色の髪を片手でかき上げ、もう片方の手でシーアンをしっかりと抱き寄せながら攻撃的に姉を見返した。

「確かに、警察も大したことはできないと思うわ。シーアンが十八歳になるまで結婚を食い止めておくぐらいが関の山でしょうね。でも、問題がそれだけじゃないことは、あなたにもよくわかっているはずよ。私だってアードリー氏には言いたいことが山ほどあるけれど、彼がシーアンのお兄さんであることは動かしようのない事実だわ。未成年の妹が、貯金もなく職もなかなか定まらない青年と結婚したがっていると知れば、実の兄が心配するのも無理はないと思うの。あなたが学校を出てからの職歴や何かを、彼はすっかり調べ上げたらしいのよ」

聞いているうちにアレックスは何度も口を挟みたそうなそぶりを見せたが、たまりかねたようにしゃべりだしたのは姉が口をつぐんだあとだった。

「僕が転々と職を変えていたのは、もう過去の話だよ。広告という仕事は僕に向いているとわかったし、僕は今の職場に腰をすえる気でいるんだ。もちろん、今のところは月給もたかが知れてるけど、シーアンも働くと言ってくれている。二人して働けば、どうにか暮らしていくぐらいの収入は得られるよ」

「でも、シーアンは秋から大学に行くんでしょ？」

「兄貴が行かせたがっているだけさ。シーアンは勉強が好きじゃないんだ。試験に追いまくられる生活なんて、もうこりごりだって思っているんだよ」アレックスは自分にしがみついているシーアンの頭に軽く頬ずりした。「君からも言ってやれよ」

シーアンはおびえた表情のままでスザンナを見つめた。「本当なんです。大学になんか行きたくないって、私、何度も言ったのに、兄は耳を貸してくれないんです。学位が将来の役に立つっていうんですけれど、本当は私のことが……嫌いだから……」彼女は不意に声を詰まらせ、アレックスの腕を振りほどいて玄関ホールの階段に走った。階段を駆け上がる足音とともに、すすり泣きの声が二階へ上がっていき、続いて二階のドアが大きな音をたてて閉まった。とたんに、アレックスが大声で姉にかみついた。

「姉さんが泣かせたんだぞ。なんだって、のこのことやって来たんだよ！」

「聞き分けのないことを言わないでちょうだい。私の身にもなってほしいわ。シーアンをかくまってなんかいないことをニール・アードリーに納得させるために、私がどれほど苦労したと思うの？　あの男は部屋中、家捜《やさが》しして回ったのよ」

「姉さんのアパートを？」アレックスはますます憤慨した顔つきになった。「なぜ、そんなことをさせたんだ。断ればよかったじゃないか！」

「断ろうにも、気がついたときには、あの男が勝手に入り込んでいたのよ」

「まったく、自分を何さまだと思っているんだろう」彼は後ろ手を組み、せかせかと部屋の中を歩き回り始めた。

「何さまかは、自分でよく知っているみたいよ。シーアンの兄であり、ごたいそうな大金持——そうなんでしょう？」スザンナは弟を目で追いながら言った。「あなたの会社の実質的なオーナーでもあるんですってね。知ってた？」

「うん」とつぶやいたきり、アレックスは振り向きもせずに歩き続けた。髪も目の色も姉と同じ茶系だが、両方とも姉よりは黒みがかっていて、落ち着いた色合いになっている。ただし、落ち着きがあるのはその点だけだ。気質的には幼児のころから落ち着きとは無縁な性格だった。遊びに出たまま夜になっても帰らず、案じる母を半狂乱にさせたことも数えきれないほどだ。

「そういう立場の人なら、自分の意思に逆らう社員を失職させるぐらい、いとも簡単だということも考えてみた？」

そう言われて初めて、アレックスは驚いたように足を止めた。「あいつ、そんなことを考えているのかい？」姉がうなずいたのを見て、彼は悔しそうな渋面を作った。「そういう汚いやつだっていうことは最初からわかっていたよ。首にしたけりゃ、するがいいさ。広告会社は、ほかにも山ほどある」

「でも、ほかの会社があなたをすぐに雇ってくれるという保証はどこにもないでしょう。その間、シーアンをどうやって食べさせていくつもりなの？」

「結婚すれば、母さんの遺産金が下りるんだろう？その金で当座は食べていけるし、もし住むところがなければ……」アレックスは急に顔を赤らめて下を向いた。「そのときは、ここに住まわせてもらおうかと……。もちろん、姉さんがいやなら……」

「妙な気がねをしないでよ」スザンナは優しくたしなめた。「住むのはあなたの自由だけれど、ここからロンドンに通勤するんじゃ、疲れて大変よ」

「平気さ、疲れるぐらい」アレックスは気落ちしたようにテーブルの椅子に座り込んだ。「わかってくれよ、スージー。僕はシーアンを心から愛しているんだ。こんな気持になったのは生まれて初めてだよ。シーアンも僕の愛を必要としている。アードリーは彼女を愛してなんかいないし、ほかにはきょうだいも両親もいないんだから、彼女を愛してやれるのはこの僕だけなんだ」

　スザンナはゆっくりと歩み寄って弟の頭を軽くなでた。彼は顔を上げ、訴えるような目で姉の顔を見上げた。「シーアンといっしょに暮らすためなら、僕はどんなことだってするつもりだよ。農家で働かせてもらったっていいし、道路工事の人足だってやる。シーアンさえそばにいてくれればいいんだ」

　スザンナは軽い吐息をついた。「不謹慎かとは思うけれど、こういう深刻な話をしてると、どうもおなかの虫が騒いで困るわ。お昼の支度をするから、十分したらシーアンを連れて下りてきてくれない？」

　アレックスはうなずいて立ち上がった。「一つだけ気になってたんだけど……僕らがここにいるかもしれないってこと、あの男に教えたのかい？」

　スザンナはにっこりとした。「いいえ。あの人に何かを教えてあげたいっていう気分には、私、どうしてもなれなかったの」

　アレックスは不意に姉を抱き締めたが、すぐ照れたような顔になって飛びのき、一目散に部屋を出て階段を駆け上がっていった。スザンナはまたもや吐息をつき、かすかな苦笑を漂わせながら食事の支度に取りかかった。アレックスにはまだどこか少年のような幼さが残っている。母を亡くしたショックから、まだ完全には立ち直れずにいるのだろうか。あるいは、最も感じやすい思春期に父親を失ったことが影響しているのかもしれない。父の亡きあと、母は息子だけを心の支えにするようになった。スザンナ自身は、ひがんだり恨めしく思ったことなど一度もないが、母の愛情の比重がアレックスのほうに大きく傾いていたのは事実だ。甘やかしほうだいに甘やかす半面、母は唯一の男性の肉親となった息子に頼りきってもいた。息子がサッカーをすれば骨折を、自転車に乗って出れば交通事故を心配し、寒い日には夫の死病となった肺炎にかかることを恐れて、身動きもできないほどの厚着をさせた。

その母が亡くなったとき、アレックスは誰にも手のつけようがないほどに嘆き悲しんだが、それが半分は自責の念のためであることをスザンナだけは知っていた。弟は心から母を愛しながらも、あまりに濃密な母の愛に煩わしさを感じていたのだ。母を心配させないために、彼は少年時代のさまざまな自由を放棄しなければならなかった。言動の端々に今なお幼さが顔をのぞかせるのは、無意識のうちに少年時代のやり直しをしているせいなのかもしれない。愛は、時として人を息苦しくさせるもののようだ。

にもかかわらず、アレックスは再び自分の身を愛の中に置こうとしている。彼よりもさらに幼さの残るシーアンと結婚すれば、妻は全面的に彼を頼ることによってしか生きられないだろう――ちょうど、かつての母がそうであったように。アレックスは、自ら第二の〝母〟を求めているのだろうか。人間とは、実に奇妙な生き物だ。

階段を下りてくる足音を聞いて、スザンナは急いで明るい笑顔を作った。あの二人の結婚が無理だということは誰の目にも明らかだが、それを納得させるためにも、ここはひとまず気分転換をはかる必要がある。「絶好のタイミングだわ。今、呼びに行こうと思ったところなの」彼女は弾んだ声で言った。「面倒だから、ここに食卓を作ったんだけれど、シーアン、この台所のテーブルでも構わない？」

「え、ええ、もちろんです」シーアンはスザンナの正面に座り、その隣にアレックスが腰を下ろした。

シーアンのまぶたは腫《は》れ上がり、かわいい鼻の先にも赤みはあるが、スザンナは気づかないふりをしてチキンの大皿を差し出した。

シーアンは薄いスライスを一枚だけ取って皿をアレックスに回した。スザンナはボウルのサラダを自分の皿に取りながら快活に言った。

「すばらしいお天気ねえ。そうそう、芝を刈ってくれて、ありがとう、アレックス。ずいぶん伸びてたでしょ？」

「ああ」アレックスはぶっきらぼうにつぶやき、姉の差し出したサラダのボウルを受け取った。

「あら、シーアンはガーリックがお好きかしら。そこにあったものだから、私、なんの気なしに使ってしまったのよ」

シーアンは顔を上げずにこっくりとうなずいた。

「サラダを買ったとき、いっしょに買ったんだ」とアレックスが補足する。

「いつ、ここに来たの？」という姉の質問に、彼は軽く肩をすくめた。

「昨日さ」続いて、短い沈黙があった。シーアンはさらに深くうなだれて頬を染め、アレックスは不愉快そうに眉を寄せて姉を見つめた。「僕らは別々の部屋で寝たよ。そのことを気にしてるんだろう？」

「べつに、そういうわけでもないわ」スザンナは素知らぬ顔で嘘《うそ》を言った。「今年こそ、外壁のペンキを塗り替えなきゃいけないわね。ずいぶんとひどい亀裂が入ってるもの」

弟はむっつりとうなずいた。その後も、スザンナは必死に話題をさがして会話を続けたが、多少とも話に乗ってくるのはアレックス一人。シーアンのほうは、こちらがいくら話しかけても、蚊の鳴くような声で「はあ」とか「ええ」とか答えるのが関の山だった。

「洗い物を手伝ってもらえるかしら、シーアン？」小一時間して話題も底をつきかけたころ、スザンナは勢いよく立ち上がって言った。「アレックスは食器を流しに運んでくれるわね？」

弟は言われたことを仏頂づらで終えると、流しのボウルに水をためているスザンナの背中に攻撃的な声をぶつけた。「姉上、次なるご命令は？」

「特にないわ。芝生で日光浴でもなさいませ」

「この暑い日盛りに、まっぴらだね。それより、ちょっと村の中を一回りしてくるよ」スザンナが引き止める間もなくアレックスはきびすを返し、玄関のドアを力まかせにたたきつけて表に飛び出していった。シーアンが恐ろしそうに身震いした。

「あの人……なんだか怒ってるみたい」

「そのようね」スザンナは笑いながらふきんを取り出し、隣の娘に手渡した。「アレックスと交際を始めてからどのくらいになるの？」

たちまちシーアンは真っ赤になった。「はあ。あの……もうすぐ二カ月です」彼女はスザンナの表情を見て慌てたように言い足した。「お互いの気持を確かめるには充分すぎるぐらいですわ」

「その何倍の期間も私は一人のボーイフレンドと交際しているのに、彼との結婚のことはいまだに考えられずにいるのよ」なぜなら、ジョニーとの結婚など考える気もないから、という説明は、戦略的に省略することにした。

「会って一分もしないうちにわかる場合もあると思います……結婚相手は、この人しかいないって」

「なるほどね。ところで、洗った食器は何分ふけばきれいになるのかしら。それ、いちばん最初に渡したお皿でしょう？」スザンナは陽気にからかった。

「ご、ごめんなさい」

シーアンは急いで皿をテーブルに置き、洗いかごから別の皿を取り上げた。彼女が再び口を開いたのは、それから数分もしたころだ。

「あのう……ニールは、すごく怒っていました？」

「ええ、ものすごく」と言いながら、スザンナは横目でシーアンの顔を盗み見た。実の妹なら、ニール・アードリーの性格は知り尽くしているだろうに、なぜ……。「なぜ、あんな手紙をお兄さんに？」

シーアンは消え入りそうな顔つきになった。「それは……つまり、ニールだけには知らせる義務があるんじゃないかと……。だから……」

「わかったわ」スザンナは気の毒になって口を挟んだ。「で、二人の立てた計画によると、この先はどういう予定になっているのかしら。あなたの十八歳の誕生日まで、二人でここに隠れているつもり？」

シーアンは驚いたようにかぶりを振った。「いいえ、アレックスは明日から会社に出なくちゃ……」

「そうよね。そして、あなたのほうは？」

シーアンは唇をかんで目を伏せた。「私だけは当分ここに置いてもらおうかと思っていたんですけれど……。私、ここの権利の半分はアレックスが持っているものと思い込んでいたんです。すみません」

「謝ったりしないで。もちろん、ここはアレックスの家でもあるのよ。お友だちが泊まるのに私への遠慮は要らないわ」

打ちしおれたシーアンの姿を見つめながら、スザンナはしきりに思いを巡らした。この娘自身は意識していないようだが、例の手紙は自分の存在を兄に思い出させるための一種の挑戦状だったのかもしれない。アレックスの話によると、これまでのシーアンは実の兄から見向きもされない寂しい年月を過ごしてきたらしい。アレックスが愛に食傷ぎみの少年時代を送ったとすれば、シーアンは逆に、愛に飢えた少女だったということになる。

「あなたはお兄さんのことをどう思っているの？　お兄さんが好き？」スザンナは洗い物を終えた手をタオルでふきながらたずねた。

「好き……兄を、ですか？」思いもよらない質問だといわんばかりのシーアンの表情に、スザンナは吹き出した。

「私たち他人の目にどう映ろうが、とにもかくにもあなたのお兄さんでしょ？　お兄さんのこと、あなたは好き？　それとも、嫌い？」

最後に残ったサラダボウルをふきんでふきながら、シーアンは途方に暮れたように顔を背けた。次の瞬間、ガラス製のボウルは床に落ちて四方に破片が砕け散り、シーアンは恐怖の悲鳴をあげながら階段を駆け上がった。その足音が消えたと同時に玄関のドアが開き始めたが、来訪者の姿が現れる前に、スザンナの心の準備はできていた。

「やはり、あなたでしたのね、アードリーさん」戸口をふさぐようにして立った男に向かって、彼女は皮肉たっぷりの声を浴びせた。「妹さんがコブラでも見たような顔になったのも当然ですわ」

ニール・アードリーはかもいの下で長身をかがめながら悠然と台所に踏み込んできた。「シーアンに見つけられたのは残念だよ。君の質問に対する返事をぜひ聞きたかったのに」彼が思わせぶりに台所の窓に目をやったことで、事情は明白になった。

「まあ、あの窓の外に立っておいででしたの？　お出迎えにもあがらず、大変な失礼をいたしました」

「いや、こちらこそ」丁重な言葉を交わしながら、二人は互いに憎悪をこめて相手をにらみつけた。

「よく、ここがおわかりでしたこと」

「ああ、私立探偵が電話で教えてくれたんだ」

「そうだったのね！」スザンナは偽りの儀礼をかなぐり捨てて叫んだ。「やっぱり、あの男――あのセダンの男が尾行してたんだわ。あんな車、ぺちゃんこになるまでぶつけてやればよかった！」彼女は足音も荒く台所の隅へ行き、ほうきとちり取りを持ってきて、割れたボウルのあと始末を始めた。訪問者のことは、透明人間であるかのように無視し続けた。

何個目かの大きな破片を手でつまみ上げたとき、親指の先に小さな切れ目が入って赤い血がにじんだ。スザンナはほうきを持ったまま立ち上がり、親指をくわえて血を吸い取ってしまおうとした。ニール・アードリーが「どうした？」と、鋭い声を飛ばしてきたが、彼女は聞こえないふりをして再び仕事を続けた。そして、ちり取りに集めたガラスはごみ箱へ、ほうきとちり取りはもとの物入れへと、それぞれおさめたあとで、流しの水道で傷口を洗った。が、いくら洗っても、血はなかなか止まらない。

「見せたまえ！」じれたように言いながら、ニール・アードリーが彼女の手首をつかんで強引に傷口をのぞき込んだ。「かけらの小さいのが入っていると厄介だぞ。拡大鏡があったら持ってきてくれ」

「そんなもので調べるほどの傷じゃないわよ！」スザンナは乱暴に手を振りほどき、食器棚の引き出しから応急テープをさがし出して傷口に巻きつけた。

今の頭ごなしの口調が気に障ったし、手首を握ったときの長くて形のよい指先も気に入らない。そもそも、この大男が入ってきて以来、母の台所がひどくちっぽけで狭苦しく見えることに腹が立ってならなかった。

「君の弟は？」例の頭ごなしの口調でニール・アードリーがたずねた。

「散歩。すぐに戻るわ」とそっけなく答えたあとで、スザンナは急に心配になった。この男とアレックスが顔を合わせたら最後、どういうことになるかは目に見えている。完膚なきまでに傷つき、敗北の屈辱に身もだえするのは、残念ながら弟のほうだ。

「そろそろシーアンも落ち着いたころだな」片腕を持ち上げて腕時計を見ながら、男は言った。ダークグレーの上着の袖から白いワイシャツの袖と金のカフスボタンが顔をのぞかせたが、スザンナの目はワイシャツの先の手首に引きつけられていた。手首の裏側に、青い静脈の筋が見える。この男にも心臓があって体に血が通っているということが、ひどく意外な感じだった。十七歳にもなった妹を事実上の軟禁状態に置き、しかも少しの愛情もかけてやらない男を、果たして人間と呼べるのだろうか。

「さて、二階へ行って話をしてこよう」ニール・アードリーは階段に向かってゆっくりと歩き始めたが、スザンナは急いで前に回り込んで通り道をふさいだ。

「そっとしておいてあげたらどうなの？　かわいそうに、あんなに思いつめて悩んでいる妹さんを……」

「僕の妹だよ、ミス・ハワード。僕は妹を連れ戻すために来たんだし、もちろん実際に連れて帰るつもりだ」灰色の目が冷たい氷のように光った。

「ここは私の家よ、アードリーさん。あなたをお招きした覚えはございませんので、どうぞ早急にお引き取りください」

　ニール・アードリーが大口を開けて笑った。それだけでもスザンナには信じられない光景だったが、笑い声が消えたとき、彼女はますます自分の目を疑った。ほかの男性の場合であれば、こちらに気があるらしいと解釈したくなるような微笑が相手の顔に広がっていた。ただし、この場合だけが例外であることはいうまでもない。

「追い出したければ、力ずくで追い出してごらん」彼は顔に笑みを残したままで冷やかした。

「いかにも、あなたらしい発想ね」スザンナは感じ入ったような顔を作って相手を見つめた。「脅し、腕力、権力――そういう言葉でしか、あなたは物事を考えられないんでしょう？　強い者だけに存在価値があり、弱者は邪魔にならない場所に引っ込んでいろっていう考え方ね。さっきシーアンに、あなたのことを好きかどうかたずねたけれど、たずねるまでもなかったわ。あなたのことを好きな人が、この世の中に一人だっているはずがないわよ」

ニール・アードリーの笑みが消え、頬がこわばった。「言いたいことは、それで全部かね？」

スザンナは短い笑い声をあげた。「いいえ、まだまだあるわ。シーアンがいつまでも子どもじゃないってこと、そろそろわかってあげてもいいんじゃない？　あなたは彼女を寄宿学校に体よく厄介払いしておいて、そこを卒業したから、今度は大学に押し込めるつもりなんですって？　当人は大学になんか行きたくないって、何度もあなたに訴えたそうじゃないの。なぜ本人の意向を尊重しないの？　それに、あなたが妹さんを愛していないからといって、彼女を愛している人間が一人もいないなんて、なぜきめつけるの？　お金のことしか頭にないあなたには、私の弟もお金だけが目当てだと思えるんでしょうけれど、おあいにくさま！　弟はシーアンを心から愛しているのよ」

一休みして息を継いでいるすきに、ニール・アードリーが口を挟もうとするのを見て、スザンナはすかさず先手を打った。他人の家に来てまで我が物顔に振る舞えると思ったら大間違いだ。

「あなたは愛という言葉を聞くと、いつもそんなに不愉快そうな顔になってしまうの？　でも、あなたの気に入ろうが入るまいが、アレックスの愛は純粋よ。私は自分の弟が他人から――特に、あなたのような人から傷つけられるのを、手をこまぬいて見ているつもりなんか、これっぽっちもないの。あなたは人間じゃないわ。お金の計算をする機械、コンピューターよ。現に、こうやって話をしていても、あなたの中で機械の動く音がかたかたと聞こえ……」

「誰に向かってしゃべっているつもりだ！」

スザンナも自分が気の優しい男に向かってしゃべっているとは考えていなかったが、あまりにすさまじい相手の形相には、さすがに尻込みしたくなった。

するとニール・アードリーはやにわに足を踏み出して彼女の両肩をわしづかみにし、首がもげるのではないかと心配になるほど強く前後に揺さぶった。彼女の茶色の髪は嵐の海面のように跳ね上がった。その一房が相手の手の甲をたたいたとき、スザンナはようやく揺れから解放されたが、生まれて初めて実際の暴力を体験したショックはあまりにも大きく、しばらく肩の上にのっている二つの手を振り払うだけの気力もわかなかった。

氷のかけらのような灰色の目が狂暴な光を放った。「僕が妹を愛していないだと？　何も知らないくせに！」大きな手の指先がしだいにスザンナの肩に食い込んでいく。灰色の目からどうしても視線をもぎ離せないまま、彼女は痛さに顔をゆがめた。

「この手を今すぐ離してくださらないのなら……」

「君はしゃべりすぎる」押し殺した声で言いながら、ニール・アードリーは鋭い視線をスザンナの顔の隅々にまで走らせた。「おしゃべりな口をふさいで静かにさせる確実な方法は、たった一つだけだ」

その言葉の意味を悟って、抗議の叫びをあげようとしたときは手後れだった。相手はすばやく巨体をかがめ、たけり狂った唇をスザンナの口に突き当てた。大きな手の片方は後ろから彼女の頭を押さえつけている。逃げ場を失ったスザンナは、せめてもの抵抗の印として、握ったこぶしをところ構わず打ちつけ、つま先で相手の膝を蹴《け》りつけた。そして必死に歯を食いしばって、唇から先へのキスの浸入を防いだ。もっとも、それがキスなどというものでなく、怒りにまかせた体罰だということは二人ともよくわかっていた。

ようやく体の自由を取り戻すと、スザンナは転びそうになりながらも大きく後ろに逃れてジーンズのポケットからハンカチを引っ張り出した。そして、力まかせに口の辺りをこすると、使ったハンカチは丸めてごみ箱の中へたたきつけた。

その一部始終を見ていたニール・アードリーが、静かに前を通り抜けて階段の上へと去った。スザンナの体の震えがどうにかおさまりかけたのは、それからたっぷり十分は過ぎたころだった。あまり腹を立てたので体の神経がどこか狂ってしまったのか、冷たい悪寒が背筋を走ったかと思うと、今度は急に全身が熱くなったりする。急いで食卓の椅子の座り込んだからいいようなものの、立っていたら足の力が抜けて大の字に倒れていたところだ。

二階からは声一つ、物音一つ聞こえてこない。あの男も実の妹に対しては暴力を振るったりどなり散らしたりせず、静かに話をしているらしい。それにしても、アレックスはどこまで散歩に行ったのだろう。そろそろ帰ってきてもいいころだ。

ようやく立って歩けそうな自信がついたところで、スザンナはそろそろと調理台の前へ行き、自分一人のために紅茶の用意をした。ずいぶん時間をかけて紅茶を飲み終えても、アレックスはまだ戻らなかった。時計を見ると、彼が出ていってから早くも一時間以上になっている。野蛮で無慈悲な兄からシーアンを守ってやるべき肝心のときに、アレックスは何をしているのだろう。

スザンナはついにたまりかねて家の外に出てみた。表の通りにも弟の姿はない。結局、アレックスをさがし当てたのは、家から五分とかからない村外れの道端だった。彼はずっと村に住んでいる小学校時代の友人と話し込んでいたが、その友人が買った青い新車の品定めに夢中で、スザンナが遠くから手を振って叫んでも気づいてくれなかった。

もどかしさのあまり、スザンナは野原を突っ切って一直線に走りだした。長い草を踏み分けて走りながら、もう一度大声で呼ぶと、今度は声が届いたらしく、アレックスは振り向いて手を振り返した。そのとき、スザンナは長い草に足を取られて顔からまっさかさまに転んでしまった。アレックスは友人と声をそろえて大笑いしたものの、さすがに心配になったと見え、走ってきて姉を助け起こした。

「ひどい格好で転んだものだ」彼は姉のジーンズに張りついた草を払いながら言ったが、スザンナは気を悪くしている暇さえ惜しんで立ち上がった。

「ニール・アードリーが来てるのよ、家に！」

「何だって？」アレックスの顔が蒼白《そうはく》に変わった。

「私立探偵に私を尾行させてたのよ。そして……」

スザンナは息を切らしながら口をつぐんだ。弟は、とっくの昔に家をめがけて走りだしていたのだ。追いかけようとして、彼女はうめきながら顔をしかめた。転んだ拍子に足首をひねってしまったらしい。

片足を引きずりながら、やっとの思いで家の前にたどり着いたとき、真っ白な大型のジャガーがフルスピードで遠ざかっていくのが見えた。乗っている人の姿は見えなかったが、ドライバーがニール・アードリーであることは容易に憶測できた。

足をかばいながら一歩ずつ木戸に近づいていくと、そこには顔を土け色にしたアレックスが立っていた。

「行ってしまった……」放心したような声で彼はつぶやいた。「シーアンは行ってしまったよ」生気のない顔の中で、濃い茶色の目だけがぎらついている。

スザンナは衝動的に弟の肩を抱き締めた。「何があったの？　シーアンから何か言われたの？」

「何か、言われた？」アレックスは姉の言葉を力なく反復した。「うん、言われたよ。うまくいきっこない、間違いだった、結婚は早すぎる、ごめんなさい……」彼は低い声で笑いだしたが、その笑い顔の痛々しさに、スザンナは胸を突かれた。「もっと言われたよ。今は恨まれてもしかたがないが、いつか必ず、僕も彼女の選択の正しさを悟るだろうとさ！」最後は怒りに震えた声だった。

スザンナは何も言わず、あえて無表情を取り繕った。どうやら、ニール・アードリーが勝利をおさめたということらしい。彼は何を言って妹の気持を変えさせたのだろう。しかし、それがわかったからといって、シーアンが兄の説得に屈してしまい、アレックスが捨てられたという事実が変わるものでもあるまい。今は、傷ついた弟をどう慰めるかということだけに知恵を絞るべきだ。

しかし、スザンナが適当な言葉を思いつく前に、アレックスは姉の腕を邪険に振り払って自分の車のところに行き、転げるようにして運転席に入るなり、力まかせにドアを閉めた。すぐにエンジンがうなり声をあげ、車はタイヤのきしむ音と白い砂煙を後ろに残しながら猛然と走り去った。

あっという間に遠ざかっていく車をスザンナは悲痛な思いで見送っていた。アレックスは今から何を始める気なのだろう。

3

それから一時間、スザンナは弟が戻ってくることに淡い期待をつなぎながら家の中の片づけをして過ごしたが、ついにアレックスは戻らず、電話もかかってこなかった。やはりロンドンに引き上げてしまったらしい。彼女は急いで戸締まりを済ませ、不安な胸騒ぎにせき立てられる思いでフォードに飛び乗った。一刻も早く連絡をつけないと、アレックスは自暴自棄になってとんでもない道に走ってしまうかもしれない。明日は出勤するつもりなのだろうか。

だが、既にニール・アードリーの口から解雇を申し渡されてしまったということも考えられる。正式な手続き上の問題は残るにせよ、あの会社の実質的なオーナーという立場からすれば、一社員を首にするぐらいは造作もないことだ。

あの男が造作もなくやってのけたもう一つの所業を思い出して、スザンナは怒りに頬を染めた。論戦に勝ち目がないからといって暴力的なキスなどという戦法に出るとは、いかにもあの男らしい卑劣なやり口だ。彼はいつでも同じ手段で相手の口を封じているのだろうか。相手が男性の場合でも？

信号が青に変わるのをいらいらと待ちながら、スザンナは大声で笑って憂さ晴らしをした。それを見た隣の車のドライバーは気味悪そうに大きく身震いし、信号が変わると同時に大慌てで車を飛ばしていったが、スザンナのほうは自分が誰かの肝を冷やしたことなどつゆ知らず、相変わらず弟の身を案じながら黙々と運転を続けた。若者の特権である回復力が、いずれは心の傷をいやしてくれるはずだが、それを今の弟に言って聞かせてもまともに耳を貸してくれないだろう。アレックスが本心からシーアンを愛していたということには疑いを差し挟む余地もない。母と同じく、その愛に全身全霊ですがりついていたといってもいいだろう。母から受け継いだ血筋かもしれないし、それとも彼は、かつて自分が愛されたような形でしか、人を愛せないのかもしれない。

シーアンのほうは、もう少し複雑にからみ合った感情を抱えていたらしい。でなければ、今からかけ落ちするというような手紙を人に書いたりするだろうか。あの手紙が兄に自分の存在を印象づける意図で書かれたのだとすれば、彼女の目的は充分に果たせたことになる。アレックスもどうせ恋に落ちるなら自分の愛にもっと純粋に応《こた》えてくれる相手を選べばよかったのだ。

スザンナは苦い笑いを浮かべて自分をたしなめた。ほかの問題ならばともかく、恋愛問題の渦中《かちゅう》にある当人に対して、冷静で現実的な判断を求めても無理な話だ。そもそも恋愛とは幻想と錯覚の上に成り立つものではないだろうか。

スザンナがアパートの地下駐車場に車を乗り入れたのは夕方の六時過ぎだった。半分は長距離運転のせい、残り半分は朝から気の休まるときとてなかった心労のせいで、地の底に引きずり込まれるような重い疲労感が体に取りついていた。

アパートの自室にたどり着くと、スザンナは上着を脱ぎながら靴を脱ぎ捨て、素足になって台所に入った。とりあえず紅茶を一杯飲まないと、喉がからからで何を考える気にもなれない。やかんを火にかけておいて、次は一目散に浴室に駆け込んだ。ぎらつく夕日の中を運転してきたので、顔も手も汗ばんでいて気持が悪い。冷たい水でていねいに顔と手を洗い、ほっとしながらタオルを使っていると、やかんの笛が鳴り始めた。急いで台所に引き返して紅茶をいれる。香りの高い湯気を胸いっぱいに吸い込むと、疲れもいくぶんほぐれていくような気がした。

だが、腰を落ち着けて紅茶の味を楽しむ前に、差し迫った用事を片づけてしまわなくてはいけない。事は一刻を争うのだ。スザンナは、疲れた体にむち打ってアレックスのアパートに電話を入れた。電話に出たのはイアンだが、こんな時間だというのに半分寝ぼけたような声だった。

「……はい。……どなた?」

「スザンナよ。アレックス、いる?」

「やあ、こんにちは!」ようやく目が覚めたらしい。「アレックスはいないけど、何か急用ですか?」

「ええ、ものすごく急ぐ用なの。帰ったら、すぐに電話をくれるように言ってもらえる?」

「いいですよ。ただ……」イアンは口ごもり、今度はひどく用心深い声でゆっくりと言った。「ただ、彼の居場所だけなら、僕にも心当たりが……」

スザンナは声をたてずに苦笑した。「私、田舎の家から、たった今帰ってきたところなの」

「え、じゃあ、あの二人に会ってきたんですね？」

「ええ。そして、間の悪いことに、今日あそこへ行った人間が、私のほかにもう一人いたのよ」はっと息を吸う音が受話器から聞こえた。「ニール・アードリーが私を尾行してきたの」

「あいつだ！　あんちくしょう、人の喉頸《のどくび》を本気で締め上げてて！」イアンの名誉のために言っておくと、彼は日ごろ、非常に人柄の穏やかな好青年で、他人をののしったり汚い言葉をつかったりすることはついぞない。「でも、いくらひどい目に遭ったからといって、名前を出したりして本当にすみません、スザンナ。今日はデートだって聞いてたから、あいつが押しかけていくころには、もうアパートを出てしまってると思ったんですよ。で、向こうの家で何が起こったんです？」

話すべきかどうかスザンナは迷った。肉親の私生活を他人に暴きたくはないが、イアンが自分で探り出そうとしたあげく思わぬ騒ぎに巻きこまれても困る。結局、彼女は今日の出来事の要点だけを簡単に話した。聞き終えたイアンは低い口笛を吹いた。

「かわいそうに。それじゃあ、さぞかし落ち込んでるでしょうね、アレックスは」

「だから心配なの。どこで何をしてるのか」

「しかし、どうしてあんな子に入れ上げたのかなあ。顔は確かにかわいいけど、もう少し肉づきが……」言いさしたまま、イアンは急に咳《せ》き込んだ。「失礼。とにかく、ここに戻りしだい電話をさせますよ」

スザンナは苦笑しながら電話を切り、長椅子に座って念願の紅茶にありついた。五分後、待ちに待った電話のベルが鳴り、彼女は椅子から飛び上がった。

「もしもし、アレックスね？」

「残念でした、僕だよ」という返事に、スザンナはにんまりしながら体の力を抜いた。「身内の一大事らしきものは無事に決着がついたのかい？」

「ええ、ジョニー。ひとまず一件落着というべきなんでしょうね……よくも悪《あ》しくも」

「あんまり楽しそうな声でもないな」

「まあね。それより、この電話のご用件は？」

「夕食のお誘い。来られないなんて返事は、なしだぞ。今日は退屈という言葉の意味を骨の髄まで理解しただけが収穫さ。少しは哀れみをかけてくれよ」

「でも、行けないわ。私……アレックスからの大事な電話を待ってなくちゃいけないの」

「じゃあ、テイクアウトの店から何か買って持っていくよ。そうすれば、そこで二人で食べられる」

「ありがとう。でも、今夜は……今夜だけは、ちょっと一人にしておいてほしいの」
二、三秒の沈黙があり、続いて、珍しくきまじめなジョニーの声が聞こえた。「ひょっとして、僕はやんわりと愛想尽かしをされているのかい？」
「冗談じゃないわ！　本当は今すぐ飛んでいきたいぐらいなのよ。おなかはぺこぺこだし……」

「わかった、わかった」ジョニーは笑いを含んだいつもの声に戻った。「何か応援が必要になったら、いつでも呼んでくれ」

電話が切れたあと、スザンナは窓辺にたたずんでロンドンの夕景に見入った。沈んでしまった夕日の明かりが家々やビルの端に赤く残っているが、全体は濃い夕もやに包まれ、どことなく物悲しい景色だ。見つめているうちに、小さな身震いが一つ起こった。

「かわいそうな、アレックス……」スザンナは低く声に出してつぶやいた。今ごろ、どんな気持で、どこをさまよっているのだろう。彼女は窓に背を向け、暗い気分をため息で吹き飛ばして寝室に向かった。この汚れたジーンズをさっさと脱いでしまおう。

レモン色のブラウスと、やはり同系色のプリーツスカートに着替えたスザンナは、鏡の前に座ってピンクの口紅を取り上げた。見た目には、ゆとりのある穏やかな顔が鏡に映っている。実際の心境が見た目と正反対なのが残念だ。夕食はどうしよう。ジョニーに言ったとおり空腹ではあるが、わざわざ作って食べるのもおっくうな感じだ。時計を見ると、もう七時を過ぎていた。

なんとなく中途半端な気持のままスザンナは居間に戻り、また窓際に歩み寄ってデスクの上に目を落とした。やりかけの仕事がそのまま置いてある。目下の仕事は児童向けの本のさし絵だ。さまざまな妖《よう》精《せい》や妖怪を扱った、やや薄気味悪い物語なので、その雰囲気をさし絵にも生かすように心がけている。やぶの中に潜んでいる小鬼《ゴブリン》には、とがった大きな耳と、さも意地悪そうな顔を描《か》いたし、無気味な大木が子どもをつかまえようと枝を広げている絵もある。恐ろしさを強調するために非常に細かな描写を加えているので、それだけ時間も取られるが、スザンナは今回の仕事を自分でも楽しみながら進めていた。

前回は、ひどかった。ウェールズ地方の一農家を舞台にした小説のさし絵を引き受け、勢い込んでウェールズまで出かけていったまではよいのだが、白黒のぶちの雌牛を一頭スケッチしようとしたとたんに、ぱったりと筆が進まなくなった。動物に詳しい読者から誤りを指摘されるような大ざっぱな仕事はしたくないのに、人間のモデルと違って相手は少しもじっとしていてくれない。逃げるモデルを追って牧場中を走り続けた日もあった。

それにひきかえ今度の仕事はストーリーの展開やイメージさえ損なわなければ、あとは自由に描いてくれていいという注文なので、ずいぶんと気が楽だ。

いつの間にか熱心に絵筆を動かしていたスザンナは、玄関のブザーの音に飛び上がった。アレックスだ。アレックスでありますように！　彼女は息せき切って玄関に駆けつけ、手のつめをどこかに引っかけたのも構わず急いでドアを開けた。よかった、やっぱりアレックスだった。

「どこに行ってたの？　あんなふうに飛び出していったものだから、とても心配したわ！」大声で一気に言ってしまったあとで、スザンナは自分の足を蹴《け》飛ばしたくなった。それでなくても弟は気落ちしているのだから、できるだけ優しく迎えてやろうと思っていたのに……。

「どこってこともないよ」アレックスはむっつりとつぶやきながら姉の横をすり抜けて居間に向かった。「ただぐるぐると車を乗り回していただけさ。一人で考えたいことがあったから」顔色は悪く、がっくりしたように肩も落としてはいるものの、飛び出していったときの勢いはない。怒りが去ったあとに深い悲しみだけが残ったらしい。兄のもとに帰ると決めたシーアンの判断はたぶん正しいのだろうが、それにしても、もう少し恋人の気持を思いやる別れ方はなかったのだろうか。

「夕食は？　まだだったら、何か作るわよ」

「食べたくない！」怒ったような声のあとに、少し間を置いて短い追加があった。「せっかくだけど」

次にアレックスは上着のポケットを探り、何か光るものを引っ張り出した。「たった今、車の中で見つけたんだ。シーアンが落としていったんだと思う。届けに行ってくれるかい？」

スザンナの手に渡されたのは、純金の薄型コンパクトだった。形は真四角で、ふたの部分にＳＡという頭文字がサファイアで埋め込んである。彼女は低い口笛を鳴らした。「ずいぶん高そうね」

「こんな貴重品、郵便で送るわけにはいかないよ。でも、僕は二度と彼女の顔を見たくないんだ。頼む、行ってくれよ、スージー」

スザンナは不承不承うなずいた。「住所を教えてちょうだい。明日の朝一番に届けに行くわ」

「明日じゃだめだよ。今夜のうちに届けないと、あのアードリーが警察に盗難届けを出すに違いない」

まさか、とはスザンナも言えなかった。あの男なら、アレックスに喜んで盗みの罪を着せたがるだろう。彼女は吐息をつきながら再びうなずいた。「わかったわ。で、シーアンはどこにいるの？」

「今までのフラットには帰っていないと思う。あの男の家にいるはずだよ、たぶん」アレックスは乱雑な字をなぐり書きした紙切れを姉に手渡した。「さっき電話帳で調べたんだ。海外を飛び回っていて、めったに帰ってないみたいだけど、シーアンを田舎のおばあさんのところへ連れていったんじゃなければ、あの男はきっとそこにいる……シーアンもだ」

「上着を取ってくるわ」と言って、スザンナは寝室に行った。居間に戻ってみると、弟は先刻の場所から微動だにせず、放心したように宙の一点をにらみつけていた。食べ物と、多少のアルコールと、そして睡眠とが、今の弟にはぜひとも必要だと彼女は思った。一人にしておいて大丈夫だろうか。

「帰るまで待っててね」スザンナは不安を顔に出さないように用心しながら言った。「私も夕食はまだだから、帰ったら何か作るわ。そんな顔色で、またどこかへふらふらと出かけたりしちゃだめよ」

「僕は病人じゃない」アレックスは頑固な表情で言い返した。「それより、必ずシーアン本人に渡してくれよ、ほかの人間じゃなく」

「わかったわ。でも、あなたのほうも必ずここにいてくれるわね？」

弟は力なく肩をすくめた。「いろっていうなら、いるよ」ほんの少しだけ、スザンナはほっとした。

「シーアンに何か伝えることは？」

「ない！　あるものか！」

よけいな口を滑らしたことを悔やみながら、彼女は静かに玄関を出てドアを閉めた。風邪をひいたり足をけがしたりというなら、手当ての方法もわかるが、弟の心にできてしまった痛々しい傷は、いったいどうやって手当てしてやればいいのだろう。少なくとも、へたな同情や慰めはかえって傷口を広げるだけのようだ。

メモに書いてあるメイフェア地区の住所に向けて車を走らせながら、スザンナは弟がシーアンを本当に愛していたのかどうか、改めて考え直してみた。当人の心情は純粋でも、客観的な目で見た場合、どうだろう。友人のイアンの好みは別として、シーアンは同じ女性の目から見ても魅力的な容姿なのに二人はまだ清い関係らしい。つまり、アレックスが彼女の肉体に感じた欲望は、たとえ存在したとしても充分に抑制のきく範囲のものでしかなかったことになる。二人は異性への欲望というより、互いへの共感によって心と心を結ばれていたようだ。二人ともそれぞれに一種の不幸を背負って生きているのだから、共感が同情へ、そして愛情へと変わっていったのだろうが、だとすれば、それは多分に自己愛の要素を含んでおり、真の意味の愛とは少し違っているかもしれない。

ニール・アードリーが住んでいるはずの街区に車を入れたとたん、スザンナは思わず顔をしかめた。たぶんこうであろうと考えていたとおりの、さも格式ありげな古い豪邸ばかりが立ち並んだ住宅街だ。彼女は車のスピードを落とし、番地の標示板を一つずつ見ながら車を進めていった。

数秒後には目的の家が見つかったが、スザンナは車を止めたあともハンドルにもたれて大きな門構えの邸宅を見つめ続けた。むらむらと敵愾心《てきがいしん》がこみ上げてくる。誰もがあこがれるような美しい建物だったし、彼女自身、これがほかの場合であれば、内部を見る機会に恵まれた幸運に胸を躍らせていたことだろう。だが、あの男が住んでいるということになれば話は別だ。ニール・アードリーの息がかかったものに対しては、なんであれ、断じて興味を持ったり感心したりしたくない。

弟に頼まれた用事だという使命感だけに押されて、スザンナはのろのろと車を降りた。玄関前の石段を上り、呼び鈴を押す。ドアを開けたのは薄紫のドレスを着た中年の婦人だった。「はい。何か？」

「ミス・アードリーにお取り次ぎください」スザンナは硬い声で言った。

「ミス……アードリーに？」婦人は眉を寄せ、肩越しにちらりと後ろを振り向いた。婦人の背後は広々とした玄関ホールになっている。白い石だたみの床に敷かれた豪華なカーペット。ところどころに金色や白のパネルがはめ込んである以外は深海のようなブルー一色の壁。そういったものをスザンナは一瞬のうちに見て取ったが、彼女の目が真正面にとらえていたのは、ホールの奥にたたずむ男の顔だった。

「僕の知り合いですよ、ウェスト夫人」ニール・アードリーがゆっくりと進み出て、婦人を後ろに下がらせた。スザンナはドアの外に立ったまま、両手をポケットに差し込んで力まかせにこぶしを握った。激しい怒りに加えて、悔しいことに息苦しいような不安が募り、指の先が冷たくしびれてきたのだ。

「入りたまえ」と鋭い声で言われても、彼女は微動だにせず、首だけを左右に振った。

「シーアンの忘れ物を届けに来たんです。今しがた弟が車の中で見つけましたの」スザンナはポケットからコンパクトを取り出して相手に突きつけた。

ニール・アードリーは無言で受け取り、ためつすがめつコンパクトを眺め回したあとで、おもむろに顔を上げた。「シーアンに取り次ぐわけにはいかない。彼女はベッドに引き取ってしまったよ」

「つまり、寝室に監禁されているんでしょう？」

「子どもじみたことを」取り合う気にもなれないと

いいたげな、見下した口調だ。くすぶっていた怒りに火をつけられたスザンナは、最も気にかかっていた質問を前置きもなしに大声でぶつけた。

「あなた、私の弟を首にするつもりでしょう?」

たちまちニール・アードリーの顔がこわばった。

「私生活上の問題を玄関先で議論する気はない。さっさと中に入りたまえ!」彼はやにわにスザンナの手をつかんで強引にたぐり寄せた。よろめきながら玄関ホールに足を踏み入れたスザンナの真後ろで、ドアが音をたてて閉まった。

「何かっていうと、腕力を使うのね!」急いで手を振りほどいたあとで、スザンナは憤然とつぶやいた。「あなたは、いつもそうやって自分のしたいほうだいのことをしているんでしょうけれど、私はあなたの家族でも使用人でもないのよ!」

冷たい灰色の目が、突き通すようにスザンナを見つめた。そして、「なるほど、ごもっともな指摘ではあるようだ」とつぶやくが早いか、ニール・アードリーは姿勢を正して恭しく片手をホール横のドアに向けて差し伸べた。「こちらの書斎にお通り願えましょうか、ミス・ハワード。お話は、そのうえでじっくりと承ります」彼は早くもドアに向かって歩き始めた。

スザンナが拒絶の返事を投げつけようとしたとき、正面の階段の上の暗がりで、何か白いものが動いた。見ると、純白のナイトガウンに身を包んだシーアンが、そっと階下の様子をうかがい、また音もなく暗がりの奥に消えていくところだった。ほんの一瞬しか顔は見えなかったが、幸せそうな表情からほど遠いことだけは確かだった。スザンナは急に思い直し、書斎のドアを開けて無言で促している男の方に向かって歩いていった。

「コーヒーをお勧めしては失礼ですかな?」

「いいえ、コーヒーは嫌いではございませんわ」

太い眉がぴくりと動いた。「我が家には極上のブランデーもいろいろとそろっておりますが」

「私、その種のものは飲みませんの」

「では、ウェスト夫人にコーヒーを頼んでこよう」あきらめたような声で言って、この家の主人はホール奥のくぐり戸の向こうに消えた。そのときだ、階段の上でまた人の気配がした。シーアンが手すりから身を乗り出してホールを見下ろしている。スザンナは足音を忍ばせて二、三歩階段に近づき、静かな声で話しかけた。「こんばんは、シーアン」おびえきったすみれ色の目がホール内を眺め回すのを見て、彼女は再び静かに言った。「大丈夫よ、お兄さんはウェスト夫人をさがしに行っているわ」

シーアンの口から悲しそうな吐息がもれた。「あの……アレックスは怒っています？」

「ひどく動揺しているわ。当然じゃないかしら？」

「伝えてください。つまり……彼を傷つけるつもりはなかったんです。私、今でも彼のことを……」

「だったら、なぜここへ帰ってきてしまったの？」

「ニールに言われて、わかったんです。私なんかがそばにいたら、アレックスは不幸になるだけ……」

「ばかばかしい！」

「だって、本当のことなんですもの。アレックスと知り合えて、私、心から幸せでした。今でも愛しているっていうのは、絶対に嘘《うそ》じゃありません。でも、結婚となると……。私はまだ十七歳だし、心の準備もまだまだ……。今ごろ言っても遅いっていうことはわかっていますけれど、アレックスが結婚を申し込んでくれたときは、うれしくて有頂天になっていたんです。そんなにも私のことを思ってくれた人は、今まで一人も……」くぐり戸が開くのを見てシーアンは急いで口を閉じ、訴えるような視線だけを残してきびすを返した。

ニール・アードリーが足を止めて見上げたとき、

階段の上は既にひっそりと静まり返っていたが、彼がスザンナに向けて投げた冷たい薄笑いから見て、だいたいの事情は察してしまったらしい。

スザンナは無言で書斎に入り、黒い革張りの椅子に腰を下ろした。真正面の暖炉の上方に大きな油絵の額がかかっている。その絵をまじまじと見上げているると、背後でそっけない声が言った。

「父方の祖母が若いころに描かせた肖像画だ」

「とても美しいかただこと。シーアンは、おばあさま似のようね」愁いを含んだすみれ色の大きな目といい、きゃしゃな体つきといい、シーアンと生き写しといってもいい。ただし、口もとや顎の線には、孫娘と比較にならない意志の強さが感じられる。

ウェスト夫人と呼ばれている例の婦人が、大きな盆を運んできた。盆の上には、いずれも銀のコーヒーポットとミルク入れに砂糖つぼ、そして二組のカップとソーサーが並べてある。盆を応接テーブルに下ろしたあとで、婦人はニール・アードリーの顔を見上げた。彼は座りたくないと見え、後ろ向きにデスクにもたれて突っ立ったままだ。「おつぎいたしましょうか?」

「ええ、そうしてください、ウェスト夫人」

婦人は礼儀正しい笑顔をスザンナに向けた。「ミルクをお入れいたしますか?」

「いいえ、ミルクもお砂糖も要りません」

婦人は静かにコーヒーをついでスザンナの前に置き、ニール・アードリーに対しては質問抜きでコーヒーをいれてデスクのところに運んでいった。物慣れたしぐさから見て、この家の家政婦であることは明らかだ。

ウェスト夫人が去ったあと、二人は無言でコーヒーを飲んだ。スザンナは、ともすればデスクの方角に飛んでいきたがる視線をたしなめながら、広い室内のあちこちに観察の目を走らせた。弟の話だと、この家の主人はしょっちゅう海外に出歩いているということだが、そういう場合にありがちな索漠とした空気はなく、デスクの上も本棚も、ちょうど適度な感じに散らかっている。照明スタンドの投げる淡い光が年代物の古い家具を照らしているさまは、うっとりするほど心なごむ光景に見える——部屋の主人の人柄を知ってさえいなければ。

ニール・アードリーがコーヒーカップを後ろのデスクに置いて冷ややかに言った。「君の弟の身分については心配無用だ。あのときは、僕も少々気が立っていたものだから……」

「勝負がついてしまった今は、敵に情けをかける心のゆとりも生まれたというわけ？」

灰色の目が陰険に光った。「君は女性一般に共通の短所を抱えているようだね、ミス・ハワード。明らかに口数が多すぎる」

「つまり、私が口のきき方に気をつけないと、弟はまたもや失職の危機にさらされるということなんでしょうね。切り札は全部あなたの手中にあって、アレックスを生かすも殺すもあなたしだい？　そういうふうに権力を振り回すことが、あなたの生きがいになっているの？　なんとなく理解できるような気もするわ。あなたは、たぶんそういう形でしか、性生活の欲求不満を解消できない……」

「いつになったら口をつぐむ気だ！」彼は憎々しげな顔をスザンナの目の前に突き出した。「性生活の欲求不満だと？　そんなものに僕が悩まされていると、君は本心から考えているのか？」

ニール・アードリーの荒削りな面立ち、冷たい灰色の目、力強い口もとや顎の線、パワーあふれるたくましい巨体といったものが、大勢の女たちの心をつかんで放さないであろうことはスザンナにも容易に想像できた。だが、彼女自身が、その魅力のとりこになるつもりは断じてなかった。

スザンナは空になったコーヒーカップを相手に無理やり押しつけた。「ごちそうさま。あなたの性生活に興味はありませんし、弟の身分も保障していただけたようですから、私はこれで帰らせていただきますわ、アードリーさん」

彼は受け取ったカップを静かにデスクの上に置いたものの、スザンナが立ち上がるとすばやく通り道をふさいだ。「僕のほうは、君の性生活に興味がありましてね、ミス・ハワード」これ見よがしの冷笑が口もとに浮かんでいる。「どういうタイプの男性がお好みですかな？　あなたの仰せに一言の不平もとなえずに従うような、ごく扱いやすいタイプですか？」スザンナは質問を無視して体の向きを変えたが、相手は再び前に回り込んで立ちはだかった。

「経験は豊富にお持ちなんですか？　もちろん、情事の経験という意味ですよ」

「一覧表の提出をお望みでしょうか？」スザンナは硬い笑顔を作って言い返したが、相手の目にも同じ微笑が浮かぶのを見たとたん、足もとをすくわれたような奇妙な感覚に陥ってしまった。なぜか口の中が乾いて、息をするのが苦しい。

「かなり長い一覧表ですかな？」

スザンナは冷ややかに肩をすくめた。「こんな愚にもつかない話、もうよしましょうよ。私はシーアンのコンパクトを返しに来ただけだわ。早く返さないと、あなたに泥棒呼ばわりされるって、弟が気をもんでしかたなかったの」

ニール・アードリーの目に怒りの色が戻ってきた。

「ほう、そのためだけに来たと言いたいんだな？」

「もちろんよ。違うとでも……」突然、スザンナは顔色を変えて相手に詰め寄った。「違うとでも思ってるの？」この男に会いたいがために、ささいな用にかこつけて乗り込んできたと思っているのだろうか。相手の口もとに再び漂い始めた冷笑が、そのとおりだと言っているような気がする。彼女は怒りに体を震わせ、つかみかからんばかりの勢いで食ってかかった。「冗談じゃないわ！　うぬぼれに目がくらむと、会う女が片っ端から自分の崇拝者になっていくみたいに思えてくるの？」

「かなりのかんしゃく持ちだな、君は」今後の参考として記憶にとどめておこうとでもいいたげな声だ。

「ええ、そのとおりよ！」

「そして、かなりの自信家でもある」

「ばかばかしい」

「美人、とはいいがたいな」怒りのあまり真っ赤になったスザンナを、彼は愉快そうに見つめた。

「貴重なご意見、ありがとう。お話がお済みでしたら、私はこれで……」

「美人ではないが……」スザンナの声が聞こえなかったかのように、彼は考え込みながらゆっくりと言った。「しかし、君には何か不思議な雰囲気がある。例えば、その茶色の目だ。その目は、君の考えていることを実に雄弁に語ってくれる」

スザンナは全身の怒りを目に凝縮させて相手をにらみつけた。「例えば、こんなふうに？」

ニール・アードリーの口もとが愉快そうにほころんだ。「そう、そんなふうに、だ。その目の語る声が、実際に聞こえるような気さえするよ。目と同じぐらい特徴的なものといえば……君の口もとだな」

射抜くような鋭い視線を唇に感じたとたん、あの階段の下でのキスのことがあまりにも鮮明にスザンナの脳裏によみがえった。全身の血が一気に逆流し始めたが、それはもちろん怒りのせいだと彼女は自分に教えてやった。この男は、性というものを武器代わりに使うような卑劣な心の持ち主なのだ。

スザンナの口もとを食い入るように見つめたまま、ニールはじりじりと彼女の前に迫ってきた。「君ほど威勢のいい娘には、いまだかつてお目にかかったことがない。火のような女性という言葉がぴったりだよ。ベッドの中でも、君は火のように燃えて男たちを感激させているんだろうな」

そうつぶやいた唇がスザンナの唇の上に重なろうとしたせつな、彼女は力まかせの平手打ちをたたきつけた。そして、相手が不意を打たれてよろめいたすきに、鉄砲玉のように部屋を飛び出して玄関ホールに走り込んだ。二、三歩遅れて、大きな足音が追ってくる。いっそ二度と立ち上がれないほど殴りつけてやりたかったとスザンナは思ったが、追跡者も彼女と同じくらい怒り狂っていることは、後ろに聞こえる荒々しい息づかいが明確に物語っていた。

スザンナの震える手がドアの取っ手に届いたとき、背後から伸びてきた太い二本の腕が彼女の体に巻きついた。「この女、よくも……」

突然、割れるような大きな音が二人の頭上で響いた。誰かがドアの外で呼び鈴を押したのだ。二人ははじかれたように互いに飛びのき、肩で息をしながら相手をにらみつけた。

優しいきぬずれの音が、くぐり戸の方角から聞こえた。ウェスト夫人が訪問者のためにドアを開けに来たらしい。ニールがスザンナの肩越しに調子外れの低い声を投げた。

「僕が出ますよ、ウェスト夫人」彼は怒りに紅潮した顔に取ってつけたような微笑を浮かべてドアを開けた。「……やあ、オリヴァー。エズミも、ようこそ。すてきなドレスをお召しですな。ジル、相変わらずきれいだね。さあ、みんな入ってください。ウェスト夫人が冷たいものを用意して待っていましたよ」

「星がとってもきれいな夜だこと」エズミと呼ばれた中年の女性が満面に笑みを浮かべて言った。胸もとを大胆にカットしたサーモンピンクのドレスは、ニールの言った〝すてき〟の一語に尽きる。着ている女性が、ほんの二十歳ほど若ければ、彼は〝よくお似合いですよ〟と付け加えていたかもしれない。赤ら顔をした連れの男性は、年相応の地味な夜会服姿だった。銀髪の生え際の形が顔に風格を添えているが、その顔には、なぜ自分がここにいるのだろうと不思議がっているような当惑の色が漂っている。

彼は通り道を開けてくれた見知らぬ娘に笑顔でうなずいて会釈した。逃げ出すチャンスをうかがいながら、スザンナも軽い会釈を返した。

「シーアンのご容態はいかが？」三番目の訪問者がニールにたずねた。「かわいそうに、夏風邪はこじれると大変なのよね。私も去年は何日も寝込んでしまったわ。ねえ、パパ、そうだったわよね？」

「ああ？　うん」父親は照れたような顔で相づちを打った。「そうだよ、夏風邪をこじらすと……」

「ジル、早くコートを脱いでウェスト夫人にお渡しなさい」年長の女性が気短な声で促した。

ジルと呼ばれた娘は、この家の主人をまぶしいような笑顔で見上げ、しとやかに背中を向けた。「ニール、脱がせていただけて？」

頼まれた男が慣れた手つきで娘のコートを脱がせ始めた瞬間、スザンナははじかれたように玄関から飛び出して石段を駆け下りた。彼女は走りながら車のキーを取り出し、車にたどり着くやいなやドアを開けて運転席に飛び乗った。エンジンは物わかりよくすぐ始動した。車を歩道から出したとき、玄関の外に出てきたニールの姿が見えた。スザンナは勝利の笑みを浮かべて勢いよくアクセルを踏んだ。

4

「いったい、どうなってるんだよ、最近のアレックスは」指定の座席に腰を下ろしながらジョニーがたずねた。開演直前とあって、劇場内は既にほぼ満席だ。たっぷりと余裕を見てアパートを出たのだが、ジョニーの小型車を押し込む場所をさがすのに手間取って、こんなぎりぎりの時間になってしまった。

返事がないことをいぶかしんで、彼は連れの顔をのぞき込んだ。「何か、わけありなんだろう？　この前も君のアパートでしばらくいっしょになったのに、僕はとうとう一言も口をきいてもらえなかった。僕に恨みでもあるのか、はたまた、見かけどおりに悩みを抱えているのか……」

「悩んでるのよ、ひどく」スザンナは気の重いため息をついた。若い二人の抱いた夢がニール・アードリーによってぶち壊されてから、早くも二週間が過ぎた。アレックスは職場に戻り、ごくまれに姉とも顔を合わせているが、姉の話や質問に気のない相づちを打つ程度で、自分からはほとんど何もしゃべろうとしない。何を考えているのか、親友にだけは打ち明けているかもしれないと思い、スザンナは弟の留守をねらって彼のアパートへ行ってもみた。イアンもまた、親友の気持をつかみかねて手を焼いているところだった。なんとか元気づけてやろうと、夕食に引っ張り出したり、友人を招いてパーティーを開いたりしているのだが、アレックスは自分だけの固い殻に閉じこもったきりだという。

「かなり深刻な話のようだな」本気で心配してくれているジョニーに、スザンナは感謝の笑みを投げた。

「ある女の子との恋が、だめになってしまったの」

そっと口笛を吹きながらジョニーはうなずいた。

「僕にも覚えがあるよ。つらいだろうが、時が傷口を少しずつふさいでくれるのを待つしかないな」

スザンナは思わず口もとをほころばした。「あなたのような人でも、恋に悩んだ時期があったの？」

「ございますとも。もっとも、ずいぶん昔……僕が今のアレックスよりも若かったころの話だがね。相手ははるかに年上の女性で、僕は彼女から渡された禁断の木の実を食べたばっかりに、ずいぶん長い間、ひどい食当たりで重病の床に就いてしまった。そのとき、真剣な恋愛から足を洗ったんだよ」

スザンナはボーイフレンドの顔をまじまじと見つめた。「これだから言葉を操る職業の人は嫌いだわ。自分が危なくなると、すぐ言葉で逃げるのよね」

「ひどい誤解だ。言葉は僕らの大切な商売道具だぞ。私用に使ったりしては罰が当たる」ジョニーが青い目に楽しげな光を躍らせて言い返したとき、場内が徐々に暗くなり始めた。彼は長い足を座席の前に伸ばして満足の吐息をついた。「この瞬間のスリルがたまらないな。特に今日のようなバーナード・ショウのものを見るときは、胸が弾んでしまうよ」

幕がゆっくりとあがっていく。ジョニーならずとも、胸のわくわくする一瞬だ。突然、後ろの方の席で誰かが大きなくしゃみをした。ジョニーは大げさに顔をしかめ、スザンナは笑いをこらえながら気持を舞台の上に集中させた。

バーナード・ショウ作『バーバラ少佐』の再演舞台は大成功のうちに進んでいた。幕間《まくあい》の中休みが始まって場内が明るくなったとき、スザンナは隣の席から乗り出してきたジョニーの顔を、不思議な物体でも見るような思いでぼんやりと見つめた。

「いまだにショウの世界にひたっておられるご様子ですな」にんまり笑いながらジョニーが冷やかした。

「だって、本当にすばらしい舞台なんですもの」スザンナも笑って言った。「俳優も演出もしっかりしていて、作品のテーマが明快に伝わってくると思わない？　だいいち、そのテーマ自体が、すごく今日的だわ。現代社会を扱った作品といってもおかしくないと思うの」

「それはいえるな。大した劇作家だよ、ショウは」ジョニーは大きくうなずき、その拍子に額にかかった金髪の一房をていねいになで上げた。「彼が本当に言いたかったことはなんだろう。生きがいの重要さかもしれないな。確固たる生きがいさえ持っていれば、人は酒に逃げ道を求めたりしないだろうから」

「私の知り合いに、何かっていうと、お酒を飲みたがる人が一人いるわ」スザンナは思わせぶりにジョニーの顔を見つめた。

「そうとも、どうせ僕は大酒飲みさ」ジョニーは口をとがらして肩をすくめた。「酒の話が出たところで、そろそろバーに行かないかい？　かたずをのんで舞台を見てたものだから、すっかり喉が渇いた」

周囲の観客の大半は既にバーに向かって移動を始めていた。通路は身動きもとれないほどこみ合い、気ばかりあせっても足はなかなか進まない。やっとの思いでたどり着いたバーも超満員の盛況だった。大声の会話が四方に飛び交う中を、スザンナは「すみません、通ります」とつぶやきながら進んでいった。道を明けた男二人が彼女の頭越しにもどかしげな視線を交わし、すぐに話の続きを始めた。

「次の日になると、その株はたちまち跳ね上がったんだぞ。ロケットも顔負けの勢いだ」

「株は生き物だっていうが、まったくだなあ。ま、そこが相場の醍醐味《だいごみ》でもある」

前を行くジョニーが振り向いてスザンナの手を取った。「しっかりつかまっていろよ。迷子になって泣きべそをかくのはみっともないからな」

「このぶんだと、飲み物にありつく前に休憩時間が終わってしまいそうだわ」

　ジョニーは得意げな笑みを浮かべた。「手回しよく注文は済ませておいたよ。あそこのカウンターに行きさえすれば、グラスが僕らを待っているはずだ。どこかのずうずうしい人間が横取りしていなければ、の話だがね。君には冷たいレモネードを頼んでおいたが、それでよかったかい？」

「あなたって、すごく気のつく人ねえ」感じ入ったようなスザンナの表情を見てジョニーは明るく笑い、数人の集団で話し込んでいる人々をかき分けながら彼女の手を引っ張っていった。左側にいた一人が軽く振り向いた。何気なく顔を向けたとたん、スザンナは後頭部を一撃されたようなショックを受け、ニール・アードリーの灰色の目をまじまじと見つめた。ニールのほうも負けず劣らず驚いている様子だった。彼は何か言いたげに口を動かしかけたが、そのとき、スザンナはジョニーに手を強く引かれて再び人垣の間に引きずり込まれた。

　カウンターに着いて冷たいグラスを渡されるころ、スザンナは頬を赤く染めて肩で息をしていた。ここに来るまでの大奮闘のせいだとジョニーは思ったらしく、ねぎらうようにほほ笑んでから、ビールのジョッキを一気に半分以上も飲み干した。

「ああ、やっと生き返ったような気がする。君も飲めよ。ぐずぐずしてると開幕のベルが鳴るぞ」

　レモネードの冷たさが、熱くほてった体にしみ渡っていくような気がした。しかし、胸の動悸《どうき》はまだ静まらない。頬は焼けるように熱いし、ニールの顔を見た瞬間に全身を総なめにした鳥肌も、まだ引く気配がない。怒りというものが、こんなにも人の体の新陳代謝を狂わせることに、スザンナは驚きあきれる思いだった。考えてみると、ニールが初めてアパートに押し入ってきたとき以来、彼と顔が合うたびに、多かれ少なかれ必ずこういう反応が起こってしまう。怒りと恐怖は別物のように見えて、実は紙一重だということなのだろうか。

喉の渇きがおさまったジョニーは、持ち前の演劇論をユーモアを交えて述べ立てていた。それに熱心に聞き入る一方で、スザンナはなかなか平常心に戻れない自分と、その原因を作った男に腹を立ててぃた。あの男は、どこまで人に迷惑をかければ気が済むのだろう。

「やけに黙り込んでるじゃないか」ジョニーがいぶかしげに眉を寄せて言った。ハンサムとはいえないが、実に人好きのする顔だ。

「ごめんなさい」スザンナは救われたような気持になってほほ笑んだ。「この人いきれに当てられたんだと思うわ。私、どうも人込みが苦手なの。妙な恐怖心がちらつくのよね——何かの拍子に群衆が暴徒に変わるんじゃないかっていうような」

「暴徒っていえば、僕がインドを旅行してたとき、ある町で……」ジョニーは自分が目撃した騒乱の思い出話を始め、スザンナは再び黙り込んで聞き入りながらレモネードのグラスを傾けた。ちょうど飲み終わったと同時に開幕を予告するベルが鳴り、バーの人々は三々五々、自分の席に戻り始めた。

座席の番号を目で追いながら狭い通路を進んでいるとき、ジョニーが静かに言った。「アレックスのことが頭から離れないんじゃないのか？　君は弟のことに気をもみすぎるよ、スザンナ。アレックスも、もう子どもじゃないんだ、そろそろ独り立ちさせてやれよ。君が心配して至れり尽くせりの面倒を見てやっている気持もわからないじゃないが、事あるごとに君を頼る習慣が身についてしまうと、かえって当人のためにならないと思うんだよ」

スザンナは自分の靴のつま先だけを見つめて歩く不自由さに気を取られていた。顔を上げさえすれば楽に歩けることはわかりきっているのだが、うっかりニール・アードリーと目が合うかもしれないと思うと、とてもそんな勇気は持てない。

ジョニーはスザンナの沈黙を無言の反論と解釈し、自分の席に腰を下ろしながら軽いため息をついた。

「わかった、年寄りじみた説教をした僕が悪かったよ。君の人生は君のものなんだから、僕はおとなしく口に錠を下ろしておくことにしよう」

ほっとする思いで席に座ったあとで、スザンナは今までジョニーがしゃべっていた内容を遅まきながら理解した。親切心からの助言に対してなんの反応もなければ、彼が気分を害するのも当然だ。「いいえ、あなたのほうが正論だっていうことはわかっているのよ」スザンナは急いで柔和な笑顔を作った。「でも、私にとってはたった一人の肉親だし……」

ジョニーはガールフレンドを軽く引き寄せて頭のてっぺんにキスを落とした。「血は水よりも濃い？僕の姉と妹も、年中そのせりふをとなえながら僕を追いかけ回しているよ。僕は逃げるのに必死だ」さも迷惑そうな口ぶりに、スザンナは吹き出した。

「追われるような、どんな悪いことをしたの？」

「二人とも早々と結婚してしまったものだから、この年でいまだに優雅な独身生活を楽しんでいる人間が許せないのさ。なんとか僕をつかまえて、自分たちが知ってる中でいちばん器量が悪くて退屈な女の子を押しつけようと、やっきになっている」

「おやおや、お気の毒さま！」

場内が暗くなって第二幕が始まった。スザンナは顔を舞台に向けながらも、そっと横目をつかってジョニーの横顔を観察した。なんの気苦労もないように見えながら、実は若いころに深い失恋の痛手を負っていたとは意外だった。生々しい傷口は時間という特効薬がふさいでくれたにしても、その傷跡だけは終生、消えることがないのかもしれない。

スザンナは自分の心の中をいくらさがしても傷跡らしきものが一つも見つからないことを少し申し訳ないようにさえ思ってしまった。子ども時代は父も病弱ながら健在で、家庭の中はいつも明るかったし、学校生活にも楽しい思い出しか残っていない。好きな道に進んで仕事にも友人にも恵まれ、ささやかな生活だが特にこれといった不満はない。結婚相手に恵まれないことだけが不運というべきなのかもしれないが、取り立てて結婚にあこがれているわけでもないのだから、自分では不運とも不幸とも思っていないというのが正直なところだ。ことに、結婚して家事と育児に専念している友人たちを見ていると、なんとなく結婚に二の足を踏みたくなってしまう。

子どもが嫌いだというのではない。かわいい子どもを見ると、つい手を差し伸べて遊んでやりたくなるが、朝から晩までかかりきりで子どもの世話に追われたいとは思わない——念のため、〝今のところは〟と付け加えておこう。料理や片づけ物や庭仕事についても同様だ。どれも気分転換や気晴らしとしては非常に楽しいが、あくまでも、仕事があってこそだ。先のことはわからないから、思ってもみないような情熱的な恋に落ちることが絶対にないとはいいきれない。だが、その恋の相手との結婚か、自分の仕事か、二つに一つを選べといわれたら、迷わずに仕事のほうを取るであろうことは今から断言してもいい。まかり間違って逆の選択をしたりすれば、たぶん一カ月で専業主婦の生活に窒息死してしまうに違いない。

スザンナは洗濯物の山に押しつぶされた自分の姿を想像して苦笑したが、次の瞬間には舞台の上での滑稽《こっけい》な演技に気を引かれて笑い声をあげ、そのままバーナード・ショウの世界に引き込まれていった。

終演後、二人は快い興奮の余韻にひたりながら劇場近くのレストランに足を運んだ。近くの別の店にもそれぞれ同じ劇場帰りの人々が詰めかけている。

「ヘンドリクス……あ、はい、確かにご予約を承っております、ヘンドリクス様」ジョニーの名を聞いたフロア責任者は満面に笑みを浮かべてうなずき、席の用意が整うまで入口横のバーで飲み物をとりながらメニューを選んではどうかと勧めた。

「食欲は？」フロア責任者が飲み物の注文を受けて去った後、厚い革表紙のメニューを開きながらジョニーがたずねた。スザンナは首を横に振った。

「こんな時間にたくさん食べたら、あとで眠れなくなるわ」彼女が選んだメニューはメロンとハム、それにサラダつきのプレーンオムレツだった。ジョニーはおどけたしかめつらをして見せた。

「僕はいくら食べても平気だぞ。どのみち、夜明け前にベッドに入ったことはないんだからな」

それはそうだろうとスザンナは思った。あり余る不労所得を抱えた人間のように気ままに遊び暮らしながら、一方で、驚くほどの量の仕事をこなそうと思えば、常識的な一般人が安らかな眠りの床に就いている時間帯を労働にあてるしかない。

フロア責任者がバーに戻ってきてスザンナから注文を取り、続いてジョニーのほうに向き直った。

「僕は、もう少し大胆な路線でいってみよう」ジョニーはスザンナとフロア責任者の双方に笑顔を交互に向けながら言った。「まず、当店ご推奨の車海老《えび》だ。ソースはガーリックにしてくれ。次は貝柱の白ワイン蒸し・サフランライス添え。ワインのリストを見せてくれるかい？　ありがとう。では……と、この三十二番の赤にしよう。一本だけでいいよ、連れのご婦人はグラス一杯に満たないぐらいしか飲まないし、僕も車を運転して帰らなきゃいけないからな。さて、お次は……」

フロア責任者が奥へ注文を通しに行ったあと、スザンナは少し意地悪な声で連れをからかった。「ワインが瓶ごと来るのなら、今夜は少し多めにいただこうかしら。だって、劇場に来る前にも、あなたはビールを二杯か三杯飲んだでしょう？」

「僕の酒量を監視してたのか？　よしてくれ」ジョニーは珍しく不機嫌な顔つきになった。

「ごめんなさい。そんなつもりじゃなかったのよ。今のお芝居に影響されたのかしらね」スザンナは素直に謝ったが、ジョニーは攻撃の手を緩めなかった。

「僕が君の前で酔いつぶれたことがあったかい？」

「ないわ。だから、ごめんなさいって……」

「二十歳の年に酒の味を覚えるとすぐ、僕は自分の酒の飲み方をはっきりと決めたんだ。酔いつぶれて醜態をさらしたり、二日酔いで自己嫌悪に陥ったりするようでは、酒など飲む資格はない。自分の限度は心得ているし、この二十年近く限度を超えて酒にのまれたことなど一度も……」彼は不意に口ごもり、ぎょっとしたように息を吸い込んだ。「いけない、またやってしまったよ」

「何を？」スザンナはあっけにとられてたずねた。

「お説教だよ。一晩に二度も僕の説教を聞かされては、君もたまらないよな。ごめん。僕も年を取ったのかなあ」ジョニーは眉を寄せながら飲みかけのグラスに手を伸ばした。「あるいは、今やっているテレビの仕事のせいかもしれない。口論のシーンがやたらと多いドラマを書いているうちに、作中人物のしゃべり方が伝染してしまったようだ」

「でも、あのドラマは最高よ。昨日も時間のたつのを忘れてテレビの前にくぎづけになってしまったわ」

ジョニーはようやく眉を開いて得意顔になった。

「悪くない出来だろう？　しかし、主演の男優にはいつもてこずらされているんだ。あの男は……」

突然、ジョニーの声がスザンナの意識から遠のいた。彼女の正面にある表の入口から、ニール・アードリーが若い娘をエスコートして入ってきたのだ。シーアンのコンパクトを届けに行った夜、玄関で見かけた娘だ。芸術品と呼びたくなるような、すばらしく豪華なドレスを着ている。フロア責任者が小走りに二人を出迎えに行った。

あの夜と同じように、ニールは慣れた手つきで連れの娘のケープを外してフロア責任者に手渡した。彼もまた、いかにも高価そうな夜会服姿だ。劇場のバーで見かけたときは驚きが大きすぎて服装にまで目がいかなかったが、こうして改めて観察の目を向けてみると、黒の夜会服に真っ白なワイシャツという正装が、憎らしいまでに似合っている。

「しかし、俳優連中を扱うのはまだ楽なほうさ」ジョニーが大きく肩をすくめながら言った。幸い、聞き手が話を少しも聞いていなかったことには気づいていないらしい。「問題は、ディレクターやプロデューサーと称しているやからだ」

あの娘、なんという名前だったろう。母親らしい女性とニールが名前で呼んでいたはずだが……。「こっちが黙っていたら、あいつらは僕らの書いた脚本をずたずたに切り刻んで平気な顔をしているに違いない。作家組合があって、本当によかったよ」

スザンナは共感の笑みに似せたものを作ってうなずいた。この話は以前から何度も聞かされたことの繰り返しだ。テレビ局の人間に対する日ごろの憤まんを洗いざらい吐き出してしまうまで、ジョニーは聞き手のことなど度外視して独演を続けるだろう。

ニールが連れの娘をいざなってバーに入ってきたが、フロア責任者が二人に勧めたのはスザンナのテーブルからいちばん離れた奥の方の席だった。しかも、運のいいことに、ニールはこちらに背中が向く側の椅子に座ってくれた。娘の胸に下がっているペンダントは、光の具合から見て、どうやらダイヤモンド——もちろん、本物に違いない。ドレスの胸もとが大胆なV字形に切れ込んでいるので、真っ白な胸の素肌にダイヤの光がちらちらと映っている。

「お席の用意が整いましてございます」いつの間に来たのか、フロア責任者がスザンナの目の前に立っていた。彼女はバーの奥の方だけは見ないように用心しながら立ち上がり、ジョニーに軽く背中を押されてダイニングルームに向かった。その間も、ジョニーの話は延々と続いていた。

「そこで、僕は連中に言ってやったんだよ……」彼はスザンナを席に座らせて自分も向かいの席に回る間だけ口をつぐんだが、革張りの長椅子に腰が着くか着かないうちに、早くも話の続きを始めた。スザンナは熱心に聞き入るふりをしながら、皿の上のパンを細かいかけらにちぎって暇つぶしをしていた。

若いウエイターがそれぞれの前菜を二人の前に置き、ワインをグラスについでいった。こってりしたソースのかかった車海老を見て、ジョニーは舌なめずりをせんばかりの顔になった。

「君もこれにすればよかったのに」

「私はメロンを食べたかったの」

「こいつは驚いた、スザンナがしゃべったぞ」ジョニーが大げさに目を丸くした。「失語症の発作に見舞われたのかと思って、心配し始めていたところだ」

「ごめんなさい。思いだけが、はるかかなたを独り歩きしていたらしいわ」と謝りながら、スザンナは軽い良心の痛みを感じた。思いが本当におもむいていた先は非常に近く――すぐ後ろのバーの中だ。

「べらべらと一人でしゃべってた僕のほうも悪いんだよ」ジョニーは申し訳なさそうに苦笑した。「仕事の愚痴を人前でこぼすのはやめようと常に自分に言い聞かせてはいるんだが……」

「思っていることを、おなかにしまってはおけない性分なのよね」スザンナは笑いながら口を添えた。

「まさに図星だ」

「しかたないわよ。私だって同じだわ」

「無理に慰めてくれなくたっていい。いつ君が心の中をさらけ出したっていうんだ？　僕はときどき考えてしまうよ——本当の君を、いったいどの程度知っているんだろうかってね。僕は君の前へ出ると、自分の考えてること、思ってることをなんでも包み隠さずしゃべってしまうのに、君のほうはほとんど何も教えてくれない。明らかに不公平だよ、これは。異議があるなら言ってごらん——さっき、君の心がどこをうろついていたのか」これだけの長口上をジョニーが一気に並べ立てたのではない。車海老をおいしそうにほおばる合い間ごとに、のんびりとした口調で話を続けたのだが、スザンナは糾弾されているような居心地の悪さを感じてしまった。今夜のジョニーは、いつもとどこか違う。仕事のプレッシャーが強すぎるのだろうか。仕事といえば……。

「私が今やっている絵本の仕事、もうすぐ終わってしまうのよ」スザンナは格好の話題を見つけたことにほっとした。「こんなに楽しい仕事、何年ぶりだったかしら。終わると寂しくなると思うわ」

「次の仕事は決まっているのかい？」ジョニーは器用な手つきでロールパンにバターを塗り始めた。

「ええ、ハーディーの一生を扱った書き下ろし本のさし絵よ。それで近々、彼の故郷のドーセットへ行ってこようと思っているの。ドーセット州博物館のトーマス・ハーディー記念室には資料がそろっているし、それに、ハーディーが生きてた時代の田園風景が残っている場所といえば、イギリス国内でもドーセットぐらいのものでしょう？」

ジョニーは無造作に肩をすくめた。「ハーディーか。趣味じゃないな。文体が古くて長すぎる」

「でも、全体の雰囲気はどうかしら？　登場人物も印象的だし、やっぱり偉大な作家よ、ハーディーは」

「その点は認めるよ。あの長口舌を切りつめるこつさえ覚えたら、彼はメロドラマの脚本家としてテレビ局に重宝がられていたかもしれない」

スザンナは体を震わせて忍び笑いをした。「ずいぶんひどいことを言うわねえ」

それから先、話題はハーディーのことから彼の小説を原作にした映画のことへ移り、食事の間中、楽しい会話がよどみなく続いた。これはスザンナが視線も気持もジョニー以外に向けないよう必死に努力した成果でもある。食後のコーヒーを飲みながら音楽の話をしているとき、ジョニーは中座して洗面所に立った。一人になったスザンナが、ふと気を緩めたのが間違いだった。視線が何気なく左右に走った拍子に、二つ先のテーブルでこちら向きに座ったニールの顔をとらえてしまった。最初、彼はテーブルの上に目を落としていたが、次の瞬間、手にしたグラスといっしょに顔も上げ、スザンナの視線に気づいた。

敵意に満ちた二つの視線が激しくぶつかり、実際の火花を散らしたようにスザンナは思った。彼女はすぐに顔を背けたが、それまでの二秒ほどの間に、ニールのたくましい体つき、知的で冷たい灰色の目、力強い口もとと攻撃的な顎の線といったものが脳裏に焼きついてしまった。

ニールと初めて対面したときの印象をスザンナは思い出した。自分の進路上にあるすべてのものを踏みつぶしながら、地響きをたてて進む巨大戦車を連想したものだが、今にして思えば、あのときは考えがまだまだ甘かった。戦車に心を引かれる者といえば、それを使うことによって利益を得ようとする人間ぐらいのものだろう。ところが、ニール・アードリーは身動き一つせずに人の目を引きつけ、心を引きつける強力な磁力を持っている。こちらのほうが、戦車などよりはるかに危険な存在だ。

ニールを一目でも見かけるつど、奇妙な興奮状態に陥るのだった。頭から血の気が引くような心細さに襲われるかと思うと、体は逆に汗ばむほど熱くなる。そんな怪奇かつ腹立たしい現象に今も悩まされながら、彼女は空中の一点を食い入るように見つめていた。そこにある架空のスクリーンに、あの灰色の目と、キスを迫ってきたときの官能的な唇が鮮明に映し出されていた。

「またぞろ思いだけを独り歩きさせておいでですかな?」戻ってきたジョニーが席にかけて言った。

スザンナは赤くなりながら急いで気持を引き締めた。「ごめんなさい。今夜は早めに帰らせてもらおうかしら。昼間、仕事に根《こん》を詰めた疲れが出てきたんだと思うわ」

「わかった。すぐに送っていくが、その前に、このコーヒーだけは飲ませてくれ」気分を害したふうもなくうなずいてくれたジョニーに、スザンナは感謝の笑みを送った。ジョニーは確かに四十の峠を越えているはずだが、表情や動作から受ける感じは青年と呼んでもおかしくない。できれば自分も、こういうふうに優雅に年を重ねていきたいものだと彼女は思った。

コーヒーを飲み終えたジョニーはウエイターを呼んで勘定を済ませ、スザンナをエスコートしてテーブルを離れた。出口へ行くには、どうしてもニールたちのそばを通らなくてはいけない。スザンナは必死に別の方角に顔を向けていたが、彼の視線が追いかけてきていることは頰の辺りのむずがゆい感触で明らかだった。連れの娘が高い声でしゃべっていた。

「だからパパは、その人たちから弁償金を取ったのよ。だって、当然でしょう?」

それに答えるニールの低い声が聞こえたが、言葉までは聞き取れなかった。恭しく一礼したフロア責任者に見送られて夏の夜風の中に出ていくまで、スザンナは一度も後ろを振り向かなかった。

その夜に限って、スザンナは柄にもない不眠症に悩まされてしまった。いくら寝返りを打って気分を変えてみても、頭だけが妙に冴《さ》え渡って眠れない。カーテン越しの月が明るすぎるせいかもしれないと彼女は思った。冴え渡った満月が人の心を怪しくさせるというのはどうやら本当のことらしい。

翌朝はかなりの朝寝坊をしたが、寝ついたのが夜明け前だったので、体調は最悪に近かった。なんとか着替えを済ませてコーヒーをいれたものの、神経が立っていて、ごく小さな物音にも飛び上がりそうになってしまう。

けたたましいブザーの音を聞いて、スザンナは文字どおり三十センチほども空中に飛び上がった。持っていたカップから黒い液体が外に飛び散る。彼女はジーンズについたコーヒーのしみを不機嫌に手でこすりながら玄関に走った。つまらないものを売りに来たセールスマンなら、たたき出してやろう。

しかし、ドアの外で待っていたのは、セールスマンではなかった。「まあ、アレックス！　どうしたのよ、こんな時間に。会社には出なかったの？」

「金鉱を掘り当てたんだ」このところのアレックスとは別人のような陽気な声で言うと、彼は姉の横を通り抜けて悠然と居間に向かった。玄関のドアを閉めてから、スザンナも急いであとを追った。

「金鉱って、いったいなんのこと？　それに、どうしてそんなにおめかししてるの？」

弟は手持ちの中でいちばん上等の青い背広を着込み、ワイシャツも新品らしいものを着ている。

「面接を受けるのに、見すぼらしい格好もしていられないからね」アレックスは姉の長椅子に腰を下ろして頭の上で両手を組んだ。

「面接……ひょっとして、新しい会社の？」

「もちろんだよ。そして、受かったからこそ、こうして姉上へご報告に参上したのさ」彼はスザンナの驚く顔を見て得意げに笑いながらネクタイを緩め、前のテーブルの上に両足を投げ出した。「これで、心おきなく今の会社に退職願をたたきつけてやれるよ。間接的にせよニール・アードリーから給料をもらっていたのかと思うと、胸が悪くてパンのかけらも喉を通らなかった。今度のところも広告代理店だけど、給料も地位も、今までよりずっと上げてもらえたんだぜ。すごいだろ?」

「すごいわ、おめでとう!」スザンナは朝からの重い頭痛も忘れて歓声をあげた。「待ってて。お祝いのシャンペンを買ってくるわ」彼女は小走りに居間の戸口を飛び出したが、そこで急に足を止め、肩越しに振り向いて重々しく言い渡した。「だから、私のテーブルの上にのっている、その汚い靴を今すぐどけてちょうだい!」

5

スザンナは向こう一カ月間の仕事のスケジュールを大幅に変更しなければいけなくなった。さし絵を描《か》くはずだった本の原稿が予定日を過ぎても出版社に届かなかったのだ。編集長が怒りをこめて語ったところによると。著者でもあるハーディー研究家は、まだ草稿を半分も書き上げていないらしい。

「申し訳ない、スザンナ。なんとか作家先生の筆が進むよう矢の催促をして、完成原稿が届きしだい、真っ先に君に渡すよ。約束する」

「私、もうドーセットにホテルを予約してしまったのよ」スザンナは眉を寄せながら言った。「いったんキャンセルして、また予約し直さなくちゃいけないの？　手間と時間の大損害だわ——お金のことはいうまでもないけれど」

「必要経費は……リストにしてあとで送ってくれ」編集長は急にそわそわと体を動かし始めていた。

「どうしようかしら。次の仕事の予定も入っているし、あまり遅れるようなら、別の人にさし絵を頼んでくださっても、私のほうは構わないのよ」スザンナがわざと静かに腰を浮かせかけると、思わくどおり編集長は大慌てで言った。

「ほかの人間に頼むなんて、とんでもない。我が社は君の腕を高く買っているんだよ、スザンナ」

それはありがたいが、できれば今の安すぎる稿料をなんとかしてくれることで、その気持を表してほしいものだとスザンナは思った。「稿料しだいでは、いくらでも人材が集まるんじゃないかしら」

「不人情なことを言わないでくれよ」編集長は年齢のわりに白髪の多い頭に手をやり、哀れみを乞《こ》うような微笑とともに言った。その白髪も、眉の間に刻まれた深いしわも、彼が社の経理責任者として帳簿を長年にらみ続けてきた苦労の産物だというのが、関係者の間でのもっぱらの噂《うわさ》だ。この会社は、いつ倒産しても不思議ではないといわれるほど悲惨な経営状態を続けているが、一方、常にユニークで良心的な本を刊行する会社として一部の心ある人々からは熱烈な支持を受けている。一ペニーの経費も出し惜しみする編集長の倹約ぶりにしばしば閉口しながらも、スザンナが結局は仕事を引き受けてしまうのは、彼女もまた、そういったファンの一人であるためにほかならない。

「筆こそ遅いが、あの先生は非常に優れたハーディー研究書を世に出そうとしているんだよ」スザンナが本気で仕事を辞退したがっていると思ったのか、編集長は熱をこめて言った。「とかく硬い内容の研究書に、なんとか柔らかいイメージを持たせるにはどうしても君のさし絵が必要……」

「それは前にもきいたわ」スザンナは苦笑しながら今度こそ立ち上がった。「仕事はやらせてもらうけれど、プロの端くれとして言わせてもらえるなら、こんなにも予定が狂うのは非常に迷惑なの」

「もっともだ。実にもっともだよ」編集長は大きく何度もうなずきながらスザンナのためにドアを開けた。「原稿が届いたら何はさておき君に連絡するから、すまないが今日のところは……」

秘書室に出たとたん、スザンナは閉まったドアの向こうから大きなため息が聞こえたように思った。彼女はおおぎょうな渋面を作って若い女性秘書を笑わせ、自分もため息をつきながら帰途についた。

戸外に出たとたん、スザンナは強い日差しに目を細めた。しかし、今年の夏もそろそろ峠を越したと見え、吹く風の中にもどこかさわやかさが感じられる。ふり仰ぐと、雲一つなく澄み渡った青空がどこまでも続いている。こんな日はロンドンの町なかにいるより、静かな高原か海辺で、のんびりと夏の名残を惜しむべきなのかもしれない。現に今、アレックスはそうやって休暇を楽しんでいることだろう。彼は旅行会社に勤めている友人から格安の切符を手に入れてスペインへの一人旅に出かけたのだ。ニール・アードリーの支配下にある会社にはとっくに退職願を出したが、新しい勤め先での生活を始める前に、思いきり羽を伸ばして遊んできたいとアレックスは言い、スザンナも大賛成で彼を空港まで車で送っていった。そして、帰りにも必ず出迎えに来ると約束して弟と別れたのが四日前のことだ。

思いがけなく仕事に切れ目ができたのを機に、自分も久しぶりの休暇を取ってみようかとスザンナは思った。しかし、海外にまで足を伸ばしたいという気もない。田舎の家で過ごすという案はどうだろう。この際、以前から気になっていた修理を自分でやってみるのも悪くないアイデアだ。人手を頼まずに済めば、費用も材料費だけで済むし、作業に疲れたら芝生に寝そべって日光浴……。悪くないどころか、まさに一石二鳥の名案だ。改装した我が家を見せたら、アレックスはどんな顔をするだろう。

弟のことを考えても胸が痛まずに済むようになったことがスザンナにはうれしかった。アレックスがシーアンを完全に忘れ去るには、まだまだ時間がかかるだろうが、彼は一時の半病人のような状態から立ち直り、少なくとも表面上は以前の快活な青年に戻ってくれた。今は、それだけでも大いにありがたいとしなければならない。

その夜、スザンナは幼なじみの友人から夕食に招待されていた。イゾベルとはこうして年に何回か、招いたり招かれたりの交際を続けているが、二人とも絶対に口にしない事柄が一つだけある。イゾベルの夫がはじめはスザンナのボーイフレンドであったという事実だ。そのことをスザンナが口にしないのは、間違っても今のジョージのような男性を夫に持ちたくないという気持が言葉の端ににじんでしまうことを恐れるからだ。彼女はまた、イゾベルの側の気持も見抜いている。イゾベルは友人がジョージを射止めそこなったことを悔やんでいては気の毒と思って、やはり用心深く口をつぐんでいるのだ。もちろん当人は自分の配慮を上手に隠しているつもりらしいが、隠し事が得手なほうではないので、態度の端々に気持が表れてしまう。そこがイゾベルのよいところだとスザンナは思っている。もっとも、五歳のときからの古い友人とはいえ、それぞれの生活環境が違ってしまったせいか、今では共通の話題も少なく、最近のスザンナはイザベル自身というより、彼女の娘のエミリーに会うのを楽しみにするようになっていた。スザンナにとって今のところただ一人の名づけ子であるエミリーは今年三歳の、まさにかわいい盛りだ。

「すると、アレックスがまた職を変えたのかね?」

夕食の席でスザンナに二杯目のワインを勧めながら、ジョージが責めるようなうなり声を出した。「困った男だなあ。ホートン＝エルクス&ウィルマー社のような一流企業に腰をすえていれば黙っていても先行きは安心できたのに」ジョージは株式仲買人という職業柄、ロンドンの経済界に通じている。性格は度が過ぎるほどきちょうめんで妻の家事のやり方にまで厳格な監督の目を光らせており、イゾベルのほうも、むしろ嬉々《きき》として夫の意に従っている。

「今度の会社はもっと一流ですってよ」スザンナはブルゴーニュ産の白ワインを静かに口に含んだ。

「へええ、そうかね?」明らかな不信をこめて言ったあと、ジョージは魚料理のフォークを投げ出さんばかりにして大声をあげた。「骨だ! 骨の残った切り身を買ってくるとは、イゾベル、おまえは何年家事をやっているんだ?」

彼の妻は、おろおろと自分の皿をのぞき込んだ。

「骨はないって、あの魚屋が、確かに……」

「魚屋が何を言おうが、商人の口先を信じるほうが悪い」ジョージは魚の小骨をさがし出して皿の端にきれいに並べた。「見ろ、こんなにあるじゃないか! ええと、なんの話をしていた……そう、ホートンの会社のことだ。あそこもアードリー傘下の会社の一つだろう? 大した切れ者だよ、アードリーは。傘下のすべての会社が一直線の急成長を遂げている。オリヴァー・ハードウィックの娘と結婚の噂があるが、あの娘の名前は……ジーン、いや、ジルだ。おい、イゾベル、また骨があったぞ!」

「ごめんなさい、ジョージ」イゾベルは情けない声で夫をなだめた。

「アードリーの結婚の噂は前にも何度か流れたが、あのジルという娘は、美人のうえに父親に似ずなかなかのやり手だ。今度こそ、アードリーも年貢のおさめどきだろう」ジョージは自分で自分のせりふが気に入ったかのように、にんまりとほくそ笑んだ。

スザンナが食後のあと片づけを手伝っているとき、イゾベルが申し訳なさそうに言った。「今夜はジョージのご機嫌が悪くて、ごめんなさいね。物事がきちんとしていないと、いつもああなの。神経がすごく細やかなのよ、あの人」

スザンナはあきれてものが言えなかった。友人を招いた食事の場で妻をどなり散らす男の神経が細やかか？　自分がイゾベルの立場なら、とっくに離縁状をたたきつけているところだ。招かれた客としての立場をわきまえて我慢していたが、ジョージの態度を思い出すと今でも胸がむかついてくる。

「都会の独り暮らしって、大変でしょう？」洗い物を終えた手をふきながらイゾベルが言った。「私には、とうていまねできないわ。毎晩毎晩、アパートで独りぼっちの夜を過ごすなんて、退屈だし、心細いし……」

「そういう暮らしをしているように見える？」スザンナは、ふといたずら心を起こして快活に言った。

「まあ、スザンナ……」イゾベルは恐ろしそうに、そして、どこかうらやましそうに、目を丸くした。

「じゃあ、あなた、ひょっとして……」

スザンナは返事の代わりに思わせぶりな含み笑いをし、友人の想像力と好奇心をさらにあおり立てた。実をいうと、ジョージばかりでなくイゾベルに対しても少々むかっ腹が立っていた。口うるさい夫の世話と娘の育児にかまけ、社会がどう動いているかということや自分自身の人生については興味すら持たないというイゾベルの生き方に、こちらが何か口出ししたいと思ったことは一度もない。人には人それぞれの生き方があるのだ。なのに、イゾベルはどうしてそれを認めようとしないのだろう。結婚していない女を、なぜ哀れみや同情の対象としてしか考えられないのだろう。

数日後、晴天の下をサセックスに向けて車を走らせながら、スザンナは、あの夜のことを思い出して笑いをかみ殺した。車の後部座席にはバケツやモップ、ペンキ、壁紙、はけといった、家の大改装に必要な道具がいっさいがっさい積み込んである。

意図した〝爆弾発言〟のあと、スザンナは一時間ほどで友人宅を辞去したが、別れのあいさつを交わしたときのイゾベルはついに満たされなかった好奇心のやり場に困って爆発寸前になっていた。今にして思えば、少しかわいそうなことをしたような気もする。あの夜はどうも虫の居どころが悪かったようだが、ただし、それはジョージがニール・アードリーの結婚を話題にしたからでは絶対にない。ジョージはジルという娘のことをかなり高く買っているらしい。確かに、あの娘なら骨の残った切り身を魚屋から売りつけられるようなことはなさそうだ。それに、あの娘なら、ニールの妻の座を獲得しても夫の言いなりに服従してはいないだろう。ジルの成功を祈ってやりたい。ニールが誰かに首根っこを押さえられている図は想像するだけでも楽しい。

沿道の木々は勢いよく枝や葉を伸ばしていたが、ものの色や形に鋭い観察の目を向けることに慣れたスザンナは、ほんのわずかに退色しかかった葉の色の中に、かすかな秋の気配を感じ取った。幼いころから人やものの形、姿、色、内部の構造といったものには強い興味を持っていたから、生まれつき今の職業に向いていたのかもしれない。美術学校時代、最も熱中したのは解剖学の講義だ。中でも人体の骨格標本を眺めていると飽きることがないようにさえ思えたものだ。骨格の構造と働きを理解しない限り、人体の動きは理解できないと語った教授の言葉は、今でも頭に焼きついている。

ニール・アードリーを骨格標本にしたらさぞかし見ごたえのあるものができ上がることだろう。そんな思いににんまりとしながら、スザンナは手際よくギアチェンジをした。あれだけの巨体でありながら、ニールは実に均整の取れた体つきをしている。腰はくびれて引き締まり、腹部や胸にはたぶん一グラムの余分な脂肪もついていないはずだ。

スザンナは不意に眉を寄せ、いつの間にか頭の中に入り込んでいたニールの顔や姿を手荒く追い出した。なんという厚かましい男だろう。こちらが少しでも心の戸締まりを忘れていると、まるで当然の権利であるかのように人の思いの中に浸入してくる！

次の日、スザンナは朝早くに起きて行動を開始した。あちこちに亀裂《きれつ》の入ったペンキを根こそぎ削り落とし、古い壁紙をはがし、天井を洗い終えたのは、辺りがすっかり暗くなった夕方の七時。昼食は手間と時間を省いてチーズとりんごとコーヒーだけで済ませた。

一日の作業を終えたスザンナは背中の痛みと軽い頭痛を覚えながら二階の寝室に上がった。まず入浴して汗とほこりを洗い流さなくては夕食を作る気にもなれない。香り高い入浴剤を入れた湯船の中に体を伸ばすと、心の中まで洗われていくような心地よさが広がった。彼女は半ば目を閉じながら、湯船の端に足のつま先をのせて曲げたり伸ばしたりした。あんなにも長時間、よくがんばったと自分を褒めてやりたいような気分だった。デスクに向かっての仕事なら飲まず食わずで深夜までやり通すこともあるが、今日のような肉体労働に根《こん》を詰めたのは何年ぶりだろう。確かに体はくたくたに疲れたものの、一筆ごとに息を詰め、神経をすり減らすデスクの仕事をしたときと違って、疲労の中にも不思議な爽快感《そうかいかん》のようなものがある。

このままうたた寝をしたいような誘惑が忍び寄っ

てきたのに気づいて、スザンナは未練たっぷりに湯船から出た。タオルで体をふき、ゆったりとしたカフタンの袖に手を通す。袖口と襟ぐりに銀糸のししゅうを施したカフタンは、何年か前に海外を旅行したとき、イスタンブールで買ったものだ。入浴で疲れがほぐれたせいか、急におなかの虫が騒ぎ始めた。ぬれた髪を後ろになでつけながら、彼女は急いで台所に下りていった。

冷凍庫に保存してある食料のほかにロンドンから缶詰も何種類か持ってきたが、スザンナは手っ取り早くトーストとトマトスープだけで夕食を済ませることにした。早く食べて早く寝たいということしか、今は頭になかった。

二枚の皿が空になった、ちょうどそのとき、スザンナは庭の玉石を踏んで近づいてくる足音を聞いたように思い、はっと耳を澄ました。

二秒後、玄関のドアに強いノックがあった。時計を見ると、もうすぐ九時。こんな時間に誰が訪ねてきたのだろう。日ごろ空き家になっている家に明かりがともっているのを不審に思い、通りがかりの村の人が様子を見に来てくれたのだろうか。

顔見知りの村人でなかった場合は即座に締め出す態勢を整えながら、スザンナは用心深く細めにドアを開けた。やはり村人ではなかったが……。彼女はドアの陰から現れた訪問者の顔を呆然《ぼうぜん》と見上げるばかりだった。ニール・アードリーの灰色の目が彼女をまっすぐに見下ろしていた。

「な、なぜ、あなたが……ここに？」

「すまない。驚かしてしまったようだね」

不気味なほど礼儀正しい声だった。スザンナはドアの取っ手を握り締めたまま体の位置をずらし、古いカフタンを相手の視線から少しでも隠そうとした。この男は、なぜ人の不意を突くようなことばかりするのだろう。

「今が何時だかわかっているの？」

ニールは自分の腕時計をちらりと見た。「九時十分前だが……まさか、こんな早い時間からベッドに入っていたわけではないんだろう？」

「まさか、こんな遅い時間に不意の来客があるとは思ってもいなかったわ。で、ご用件は？」

「少しばかり折り入って話があるんだが……」彼は了承の返事を求めるように軽く眉を上げた。

「私がここにいるって、よくわかったわね」

「今日の午後、君のアパートを訪ねたとき、同じ階の住人の一人が教えてくれたんだ――たぶん、田舎の家へ行ったんだろうって」

スザンナは軽いため息をついた。世の中にはおせっかいな人間がいるものだ。「どんな人？」

「話をするとき相手の胸先に傘の先を突きつける癖のある老婦人だよ。僕から襲いかかられたときは、命をかけて名誉を守る決心をしていたようだな」

スザンナは吹き出した。「だったら、ミス・アーヴィンだわ。いまだに希望の火を消そうとなさらない、夢多き乙女なの」

「君も口の悪い……」ニールも笑った。「ところで、僕はここから先に入れてもらえないのかい？　湯上がりのバスタオル姿というわけでもないんだろう？」彼は軽く体を曲げてドアの内側に目をやり、首からくるぶしまで届く長いカフタンをまとったスザンナの全身に視線を走らせた。「異国風の、すてきなドレスじゃないか。ロンドンで買ったのかい？　それとも……」

「トルコよ」スザンナはドアを閉めて逃げ出したがっている自分をしかりつけた。見られて恥ずかしいような格好もしていないし、いつもはどんな男性の前でも堂々としていられるのに、この男の前に出ると、なぜこんなにも意気地がなくなるのだろう。

「じゃあ本場物だ。トルコの、どこ？」

「イスタンブールよ。船で地中海から黒海を回る旅の途中イスタンブールにも立ち寄ったの」

「イスタンブールか。懐かしいな」本題を切り出す気配も見せず、ニールはのんびりと言った。「僕も何度かトルコに行ったが、いい国だろう？」

「確かに、あなた好みの国だわ。あちらの男性の気質と相通ずるものがあるんでしょ？」と皮肉を飛ばしながら、スザンナは古い歴史を秘めたイスタンブールの町並みを頭に思い描いた。「私の場合は寺院が印象に残っているわ。特に、青のモスク……あんなに風変わりな青の色が、この地上にあったなんて。まるで厳冬の夜明けの光のように冷たくて、超然とした感じの青……」彼女は唐突に口を閉じた。現金と株式の動きにしか興味のない男に聞かせるべき話ではない。鼻先で笑われるのが落ちだ。

しかし、ニールは特に笑いたがっている様子もなく、ひたすら熱心に相手の顔を見つめていた。やがて彼はふと片手を伸ばしてスザンナのカフタンの袖口を軽く握った。「この銀糸のししゅう、見事だな。僕もこういうカフタンが欲しくなった」スザンナは反射的に後ろへ飛びのき、袖口をニールの手から引き抜いた。すると、彼はそのまま進んで玄関の中に入り、後ろ手でドアを閉めてしまった。はかられたと悟ったスザンナがのろいの声をぶつけるより早く、ニールは静かに言った。「君の弟もここに来ているのかい？」

たちまちスザンナはむきになって言い返した。「いいえ、弟はスペインを旅行中よ。新しい職場に入ると忙しくなるから、今のうちに遊んでおきたいんですって。あなたの関係する会社に退職願を出したことはもちろんご存じよね？」彼女は鋭い目でニールをにらみつけた。「弟が路頭に迷うことを期待なさっていたのなら、お気の毒だわ。あれだけ優秀な若者ですから、就職口はすぐに見つかったの」

ニールの口もとに静かな笑みが広がった。これがほかの人間であれば、スザンナは共感か励ましの笑みと受け取っていたに違いない。

「相変わらず弟思いなんだな。弟のほうも同じぐらい姉思いであることを祈るよ」と言うなり、彼はスザンナの横を堂々と通り抜けて台所に入り、汚れた食器や読みさしの本がそのままになっているテーブルの上をしげしげと眺めた。「ほう、トーマス・ハーディーか」と言いながら、彼は本を取り上げて無造作にページをめくった。「ハーディーが好きかい？」

「好きよ」挑戦的に顎を上げて言うと、灰色の目に愉快そうな光が浮かんだ。

「僕が何かたずねるたびに、いちいちけんか腰で答えることはないじゃないか」

「そんなことより、早く用件をおっしゃってくださいな、アードリーさん」

「ニールと呼んでくれ。僕もハーディーは好きだよ、スザンナ。この小説を映画化した作品も、なかなかの出来だった」

スザンナはテーブルの上の食器を手早く集めて流しに運んだ。「私は今日、ここの改装のために朝から働きづめで、大変疲れているんです、アードリーさん。早めに本題に入っていただけません？」

ニールは本を下に置いてしげしげとスザンナの顔を眺めた。「君は何を怖がっているんだ？」

「怖がる？　ご冗談を！」

「怖がっていないのなら、遠来の訪問客に対して、もう少し親切にしてくれてもいいと思うんだが？」

スザンナは心の中まで見通すような相手の視線を避けて顔を伏せた。長い足を包んだ真っ黒なジーンズが目に飛び込んでくる。たかがジーンズとはいえないほどの値段だったに違いない高級品だ。上半身は黒いカシミアのセーターの襟から白いスポーツシヤツが顔を出している。だが、そこから上へ視線を上げることが、どうしてもできない。あの灰色の目が今も執拗《しつよう》で鋭い視線を放ち続けていることが肌でわかるからだ。

「君はここを改装すると言ったが……」というつぶやきが落ちたあと、黒いジーンズの両足はスザンナの視界の外に出ていった。顔を上げてみると、ニールは台所の奥にある居間の戸口に立ち、壁紙も窓枠のペンキもカーテンも取り払ってしまった殺風景な部屋の中をのぞき込んでいた。「君一人で、ここまでの状態にしたのかい？」

「そうよ」スザンナはニールの真後ろに行って答えた。どうすれば、この招かざる訪問者を追い出せるのだろう。この男がそばにいると、透明な風船の中に座って天空を漂っているような不安な気分にさせられてしまう。空中旅行を楽しんでいるうちはいいが地上からニール・アードリーの放った矢が当たったが最後、風船は破裂して……。そんな目に遭うのはまっぴらだけれど、空の風船から人が落ちてくるというのは、図柄として、なかなかおもしろい絵になりそうだ。スザンナはニールが何かしゃべっていることはおろか、彼が自分の目の前にいることさえ忘れて、頭の中のスケッチブックに空想の絵筆を走らせた。

「スザンナ？」と声をかけられて初めて、彼女は声の方角をはっと見上げた。「なんだ、僕の話を少しも聞いてなかったんだな？」責めるような声の調子に反して、灰色の目は穏やかに笑っていた。「不思議な色の髪をしていると言ったんだよ。茶色でも赤でもない……実に珍しい色だ」ニールは片手を伸ばしてスザンナの頭に手を置き、その手を静かに肩口へと下げていった。

スザンナは急に口の中がからからになるのを感じた。「何か話があって来たんでしょう？　早く話したらどうなの？」

「これは、洗ったばかりの髪だな。レモンでリンスしたんじゃないか？　レモンの香りがしている」ニールは腰をかがめ、驚きあきれるスザンナの髪に頬ずりした。「絹のように柔らかい……。祖母が君に会いたがっているんだ」なんの脈略もなく、彼は甘くつぶやくような声で本題を切り出した。「シーアンが朝から晩まで君の話をしているらしい。アレックスのことを話す代わりのようでもあるが、とにかく、祖母も君に興味を持って、ぜひ一度、昼食にご招待したいと言いだしたんだよ」

「せっかくだけれど、お受けできないわ」スザンナは大きな手の下から逃れて台所に戻り、後ろをついてきたニールに向かって肩越しに言った。「見てわかりのとおりの事情で、私はとても忙しいの。とてもロンドンまで戻って昼食をごちそうになる時間は作れないわ」

「祖母はロンドンじゃなく、ブライトンに住んでいるんだ。ここからたったの数キロだから、昼食をとって戻ってくるまで二時間もあれば充分だろう。シーアンも君が来てくれるのを待ちこがれている。なにしろ、友だちの少ない子だからね」

「なぜ、私みたいなおばさんを友だちにしなくちゃいけないの？　地元の学校に通わせていれば、同世代の友だちが大勢できたはずだわ」

ニールは豊かな髪をもどかしげにかき上げた。

「また僕を非難する材料を見つけたようだが、僕としてはほかにどうしようもなくて、しかたなく妹を寄宿学校に送ったんだ。母が亡くなったとき、シーアンはたったの八歳だった。僕は亡き父の事業を引き継いで忙しく海外を駆け回っていたし、祖母は息子に続いて嫁にまで先立たれたショックで、体をこわしてしまった。母の葬儀の直後に心臓の発作を起こして、一時は命も危ぶまれたほどなんだ。幸い持ち直して退院できたが、かといって、病み上がりの老人に幼い孫娘の世話を押しつけるなんてことができると思うか？　だから、シーアンは寄宿学校へやるしかなかったんだが、しかし、学校が休みのときは、いつも祖母の家へ帰らせていた」

「ロンドンの、あなたの家じゃなく？」スザンナの冷ややかな声に、ニールは強く眉を寄せた。

「だから、さっきも言ったように……」

「そうだったわ。あなたは多忙かつ重大な仕事に追われていて、幼い妹の相手をするどころじゃなかったのよね？」優しい声と冷たい微笑がスザンナから送られたとたん、ニールの目に険悪な光が走った。

「僕が妹を見捨てていたような言い方は、やめてもらおう。僕は時間を見つけてシーアンをギリシアにも、スコットランドにも連れていってやったし、クリスマスは毎年必ず、祖母の家で妹とともに過ごしている。学期中も時折は面会に行っていっしょに食事をした。君は僕が冷血な怪獣だとでも思っているのか？」

「あら、そうじゃなかったの？」

ニールの顔に怒りの表情がよぎるのを見た次の瞬間、スザンナは自分の頭が大きな二つの手で挟みつけられるのを感じた。鋭い灰色の目は、自分が見ているものを克明な記録に残そうとしているかのように彼女の顔にぴたりと照準をすえ、微動だにしない。スザンナの鼓動は急に早まり、体に熱い血を駆け巡らせ始めた。

「我々はなぜ、会うたびに罵詈雑言《ばりぞうごん》をぶつけ合わなきゃいけないいんだ？」スザンナが答えるより早く、ニールは押し殺した声で彼女の口を封じた。「いや、何も言うな。キスさせてくれれば、それでいい」

ニールの唇が静かに下りてくるのを、スザンナはスローモーションの映像を見るような非現実的な感覚の中で見つめていた。唇と唇が重なったときも、彼女は凍りつくような衝撃を感じながら、まだ目を見開いていた。ニールの目が静かに閉じ、頬骨の辺りにうっすらと血の色がにじんでいく。彼の指先はスザンナの柔らかい髪の中をせわしなくさまよっていた。そして、彼の唇は荒々しい吐息を時折吐きながら、激しく濃密なキスを果てしなく繰り広げていた。

突然、スザンナは重く冷たい悪寒が体を走るのを感じた。子ども時代に二度ばかり貧血で倒れた記憶があるが、どうやらそのときと同じことが起ころうとしているらしい。まぶたが力なく閉じて視界をふさぎ、体は大きくかしいでニールの胸に倒れ込んだ。

そのときだ、貧血のときとはまったく異なる現象が嵐《あらし》のように巻き起こった。より激しく、より濃密なキスと、骨も折れんばかりの抱擁を求める火のような欲望が、急速に彼女の全身を焦がし始めていた。

欲望の火はまたたく間にスザンナの理性と思考力を焼き尽くした。そのときを待っていたかのように、彼女の両手はニールの背中を駆け上がり、カシミアのセーターと白いワイシャツの襟を押し開いて太い首筋の付け根をとらえた。両手の指先に、とどろくようなニールの鼓動が伝わってくる。自らも情熱のすべてを投げ出すようなキスを与えながら、スザンナは満足の吐息をついた。それに呼応して、低いうめき声をもらしながら、ニールは両手で彼女の腰を強く抱き締め、次にはカフタンの上から胸をてのひらで包んで彼女の欲望と歓喜をさらに激しくかき立てた。

やがて、ニールは燃えるような唇をスザンナの喉もとに押し当て、体を大きくのけぞらしたスザンナにささやいた。「スザンナ、僕にくれるかい？……君の……すべてを」

たずねられる前からスザンナの返事は決まっていた。その返事を声に出そうとして彼女は口を開いたが、そこから飛び出した小さな声は……。

「いいえ、だめよ」

言いたかったこととは正反対の返事だ。スザンナは驚いてニールの腕から体を振りほどき、熱にうるんだ目を無理に見開いた。彼女は肩で激しい息をしていたが、それはニールも同様だった。灰色の目の中で、黒い星のような瞳孔がまっすぐに彼女を凝視している。その目を食い入るように見つめているうちに、スザンナは自分の口にした返事のほうが正しかったと悟るだけの思考力を取り戻した。これまでにも男性から言い寄られるたびに同じ返事を与えてきたのだから、特に驚くべきことではない。驚くべきは、たとえ数秒間とはいえ、頭の中に〝ええ、いいわ〟という返事が存在していたことだ。

ひきつったような不自然な笑みがニールの唇に漂った。「僕の正気を疑っているんだろう？　無理もないよ、僕自身が疑っているんだからな。君と会うときは毎度のことながら、さっきまでは君の喉頸《のどくび》を締め上げてやりたいと思っていた。しかし、これも毎度のことながら、知らず知らずのうちに君に対して……まったく別のことをしたくなってしまう」

スザンナは心臓が飛び出したがっているような感覚を味わった。もちろん妄想だが、自他ともに認ずる現実主義者が、たわいもない妄想を抱いたこと自体が不思議だった。

もっと不思議なことに、どこからともなく〝愛〟という言葉がスザンナの頭の中に忍びこみ、彼女を困惑の渦の中に突き落とした。男女の関係における愛とは、あらゆる動物が種の保存と繁栄のために繰り広げている本能的な行為を、人間の場合だけ特別に美化するために当人たちが陥る錯覚――これが思春期以来のスザンナの信念だった。錯覚ではなく、愛が人の心に存在したときはなおさら始末が悪い。母は、まず病弱な夫に、次には夫に生き写しの息子に愛をささげ、そのために心身をすり減らして死んでいった。愛はあまりにも多くのことを要求しすぎる。愛のために、多くの女は仕事を捨てて家庭に入る。仮に捨てないまでも、家庭を仕事の犠牲にすることは罪悪だと考え、そうしないために涙ぐましいまでの努力を払っている。そこまでの献身を妻に求めない男性も世の中にはいるだろうが、ここにいるニール・アードリーが、そういう男性の一人だとはとうてい考えられない。

「しゃべるべき言葉が見つからない?」長い沈黙のあと、ニールはスザンナを相変わらず食い入るように見つめたままたずねた。「君にしては珍しいじゃないか。どうしたんだ?」先刻の紅潮は徐々に消え、声も平常に戻りつつある。スザンナのほうも体のほてりはおさまったが、それに代わって身を切るような寒けが体を小さく震わせていた。

「何をしゃべってほしいの? 私たちの関係が今以上に進展すべきでないということはお互いによくわかっているはずよ」スザンナは硬い笑みを投げた。「お互いが正気でいるうちに、お引き取りいただいたほうがよさそうね」

ニールは軽く肩をすくめた。「たぶん、君の言うとおりだろう。そもそも、どうしてこんなことになったのか、理解に苦しむよ。最初はこの手で君の首を……」彼は声をとぎらせて眉を寄せた。「あとはさっきも言ったことだから、よそう。男の本能というものは、たまに常軌を逸する性格を持っているようだな」

「しょっちゅう、と言ってほしいわ」スザンナは冷たい声を投げつけ、足早に玄関へと向かった。その後ろにニールがゆっくりと続いた。「では、ごきげんよう、アードリーさん」

「アードリーさん? そんな他人行儀はおかしいじゃないか。あんなキスをした仲……」

「他人行儀のほうが安全だとはお思いになりませんこと？」スザンナは口調とは裏腹な乱暴な手つきで玄関のドアを開け放った。

「ごもっともです、ミス・ハワード」ニールはこれ見よがしに軽く一礼した。「ところで、祖母にはどう伝えればいいんだ？　あらかじめ言っておくが、君が来てくれたら、僕はなるべく目障りにならないように引っ込んでいてやるよ」

迷った末に、スザンナは投げやりなため息をついた。「わかったわ。行きますから、住所と、それから日時を教えてちょうだい」ニールの祖母がどういう人物かは知らないが、シーアンが会いたがっていると聞けば、断るのもかわいそうだ。それに、なぜアレックスを見捨てたのか、真相を探る機会でもある。

6

翌日の昼過ぎ、スザンナはニールから教えられた番地の道路脇《わき》で車のブレーキを踏んだ。腕時計を見ると午後零時三十分ちょうど。約束の時間ぴったりだ。エンジンスイッチを切りながら、彼女は満足の笑みを浮かべた。時間厳守を信条とし、実行し続けていることは、昔から彼女の誇りの一つだった。体力と運動神経に恵まれた健康な体も今では誇りに思っているが。もっとも、子どものころは、病弱な父から〝元気な子馬ちゃん〟と愛情をこめて呼ばれるたびにひどく申し訳ないような気分になったものだ。よく熱を出して寝込む小さな弟をうらやましく思ったことさえある。しかし、ただでさえ父の世話に忙しく明け暮れている母の手をそれ以上煩わせないために。スザンナは幼いころから自分で自分の健康管理に気をつけるようになっていた。母が多忙すぎたため、好むと好まざるとにかかわらず、人並み以上に早い時期から自立心を身につけてしまったのだ。小学校、中学・高校、美術学校と進むにつれて、自立心はますます強固になっていったが、ごくまれに、これほど気丈でなければ、誰かに頼りきった安楽な人生が過ごせたかもしれないという思いが頭をかすめることもある。ただし、そんな人生が自分にはおよそ向いていないということもよくわかっていた。

ニールの祖母の人柄を知る手がかりはないものかと思いながら運転席の窓に顔を寄せたとき、スザンナは思わず歓声をあげそうになった。ピンクと白に塗り分けた、なんとも愛らしい家だ。半円形に張り出した出窓のカーテンもピンクと白の縦じま模様。屋根のかわらは濃いピンク。玄関ドアは真っ白で、しんちゅうのノッカーは磨き上げられて金色に輝いている。まるで、子どもの夢の世界に迷い込んだような心持ちだった。

よく見ると、この一画に立ち並ぶ家々は同じ時期――たぶん十九世紀初頭――、同じ構造で建てられたテラスハウスだということがわかったが、住む人の愛情と個性が感じられるという点では、ニールの祖母の家が群を抜いていた。人形の家を思わせる外装に加えて、出窓の下に置かれたフラワーボックスには白とピンクと赤のジェラニウムが咲きこぼれ、ほんの小さな前庭の中央には丸々と太った少年天使の石像がちょこんと立っている。

車を降りたスザンナは、長年踏みつけられて中央にくぼみのできた白い石段を三段上がり、白い玄関ドアの前に立った。ノッカーは前庭に立っているのと同じ少年天使の頭をかたどってあった。頭の上の方には小さな二枚の翼があり、てのひらをお行儀よく合わせたぽっちゃりした二つの手がついている。

彼女はそれを用心深く持ち上げてドアを二度ノックし、小さな声でささやいた。「ごめんなさいね。せっかくのお祈りの邪魔をしちゃって」

「だまされてはいけませんよ。その子はお祈りをしているふりをしているだけなの。ほら、片方の目をちょっぴり開けて、誰が来たのか見ているでしょ？本当に、いたずらっ子で困ります」

小さな家にふさわしい、小さな老婦人がドアを開けてスザンナを笑顔で見つめた。髪は美しい銀色、小さい鼻はわずかに上を向き、目は着ている木綿のドレスと同じ、かすかにくすんだすみれ色――かつては今のシーアンの目と同じ色だったに違いない。

「すてきな門番さんですこと」スザンナも礼儀正しい笑顔を返した。「あまりかわいいものですから、思わず話しかけてしまいましたわ。でも、どうか誤解なさらないでください。私、のべつまくなしに独り言をつぶやいているわけではございません」

「おや、まあ、私は独り言が大好きですよ。人としゃべっていると、要らない返事をされたり、話の腰を折られたり……特にニールとしゃべると、ほとほと疲れますよ。あの子は人に議論を吹きかけるのを趣味にしているらしくてね」老婦人はにっこりしながら握手の手を差し出した。「ようこそ、スザンナ。かわいらしい、よいお名前だこと。お忙しい中をよく来てくださいました。私がリディア・アードリーです。あなた、チーズはお好き？」

「はあ……大好きですが……」スザンナは唐突な質問にまごつきながら答えた。

「よかったわ。今、チーズスフレをオーブンに入れたところなの。焼き上がるまで、シェリー酒でも召し上がれ。さあ、どうぞ中へ」

こぢんまりとしたホールに足を踏み入れたとたん、淡いピンクとグリーンの色彩が目に飛び込んできた。

りんごの小花と小枝をあしらった壁紙が張り巡らしてあるせいだ。片側の壁にかかった白い枠の楕円《だえん》形の鏡が、正面の花台に飾られたピンクのばらの花を映している。スザンナは人形の家に迷い込んだような印象をますます強くした。天井は驚くほど低く、目に触れるすべてが小さく愛らしかった。

「お茶の間へどうぞ、スザンナ」

「……と、蜘蛛《くも》が羽虫に言いまし……」スザンナは思わず知らずつぶやいていたことに気づき、慌てて咳《せき》払いしてごまかした。「失礼しました」見ると、老婦人は声を出さずに笑っていた。

「お茶の間だなんて、今の人たちには古くさい言い方に聞こえるんでしょうね。でも、私は〝居間〟っていう言葉が、どうしても好きになれないの。人が椅子の上で寝そべるみたいにだらしなく座っている部屋のように聞こえてね。我が家の椅子だと、そうはいきませんよ」

スザンナが通されたのはさっき表から見た出窓のある部屋だったが、そこに配置された椅子や長椅子を見て、彼女はリディア・アードリーの言ったことを正確に理解した。どの椅子も小さめで、両側に木の腕木がつき、おまけに背もたれは直角だ。これでは、どんなにだらしない人間でも居住まいを正さなければ座りようがない。窓際の長椅子の一つにシーアンが座っていた。彼女はスザンナを見ると急いで立ち上がり、か細い声で「いらっしゃい」と言ったが、その後は身の置きどころに困っているかのように、おろおろと顔を伏せてしまった。

「シェリーは甘口、それともドライ？」お気に入りらしい椅子に腰を下ろしながら、リディアがたずねた。スザンナはどの椅子に座ろうかと迷ったが、老婦人が女王のような威厳あるしぐさで自分の正面の長椅子を示してくれた。

「甘口をお願いします」

「甘口を私の分と二杯、持ってきてちょうだいな、シーアン」とリディアは孫娘に命じた。

部屋の隅にグラスを取りに行ったシーアンを目で追いながら、スザンナは軽く室内を眺め回した。どの家具も建物と同じくらい長く愛されてきたということが一目でわかる古風で落ち着いた品ばかりだ。

「アレックスの顔立ちは、お姉さんのあなたとよく似ていますか？」不意にリディアがたずねた。「私も一度会いたかったのに、シーアンが連れてきてくれないものだから……」

「おばあさま！」スザンナにグラスを渡しかけていたシーアンが情けない声を出した。グラスが傾き、中のシェリーが揺れている。「だって、私、てっきりおばあさまが……」

「早のみ込みはおまえの悪い癖ですよ。その点だけはニールとそっくりね。ニールも何かというと自分勝手な早のみ込みをしたがるし、おまけに若いころはひどいかんしゃく持ちで……」

「今もですわ」スザンナは衝動的に口を挟み、アードリー夫人から鋭い視線で見つめられた。

「そうかもしれませんね——近ごろ私の前では、めったにかんしゃくを起こさなくなったけれど」彼女は孫から渡されたグラスをゆっくりと口に運んだ。

「シェリーを一杯だけ飲むのが、私の日課なんですよ。で、あなたがごらんになって、シーアンには画家として身を立てていくだけの素質がありますか？」

突然のことに、スザンナは当惑してまばたきした。

「さあ……わかりませんわ。お描《か》きになった絵を拝見したこともございませんし……」

「おばあさまったら！」シーアンが真っ赤になって抗議した。「その話は、もうだめになったって申し上げましたでしょう？　ニールは取り合ってもくれなかったし……」

「でしょうね」スザンナは淡々と相づちを打った。

「でも、完全にあきらめさせるために、ニールは私をあなたに会わせたがったんだと思います。お手数をおかけして、ごめんなさい」シーアンは悲しそうな顔で謝った。白と黒の縦じまのワンピースを着ているせいか、細身の体がよけいに細く、弱々しく見える。不意に、彼女は珍しく強い口調でしゃべりだした。「ニールって、本当に意地悪だわ。〝大学へ行く代わりに、やりたいことでもあるのか？　言ってごらん、あるのなら〟だなんて、ばかにしきった顔で言うんですもの。でも、私が絵の勉強をしたいって言ったときの顔は見ものだったわ」シーアンは満足そうな思い出し笑いをした。

「絵を勉強したいって思い始めたのはいつごろから？」スザンナが優しくたずねると、若い娘は自信なさそうに肩をすくめた。

「べつに、いつごろからということも……。昔から絵を描くのは嫌いじゃなかったし……」つまり、意地悪な兄に一矢報いるため、とっさに思いついたことらしい。だが、祖母とスザンナが意味ありげな目くばせを交わしているのに気づくと、シーアンは再び憤然としゃべり始めた。「そうよ、べつに絵じゃなくてもいいのよ。私、本当は……そうだわ、本当は私、お料理の勉強をしたいの！」

「お料理？」聞き手の二人は同時に問い返した。

「そうよ。学校でも家庭科だけは得意だったし、今でもお料理は大好きだもの。でも、お料理の勉強をしたいなんてニールに言ったら、笑われるに決まってるわ。あの人は大学で取る学位だけが幸せな人生へのパスポートだと思っているのよ。そんなものより、お料理のほうがあとあとまで役に立つのに」

「つまり、シーアン、おまえは絵の勉強をしたくないということかえ？」リディア・アードリーがため息まじりにたずねた。シーアンはまた真っ赤になってうなだれてしまった。

「よくわからないの。とにかく……ニールからお説教されるのだけは、もううんざり……」

ドアに軽いノックがあり、中年の婦人が戸口から顔を出した。「お食事の用意ができました」

リディアはうなずいて立ち上がったが、スザンナはその動作を見て、関節炎の気味があるのではないかと思った。

「手を貸しておくれ、シーアン」

シーアンはおずおずと祖母の手を取ってドアの方へと連れていった。その後ろを歩きながら、スザンナは改めて二人の類似点に注目した。年こそ大きな開きがあるが、基本的な体つきはうり二つといってもいい。若いころのリディアが大変な美人だったということは、ニールの家にあった肖像画を見ていなかったとしても容易に想像できる。

三人が昼食をとった食堂は〝茶の間〟とリディアが呼んだ居間よりもなお小さな部屋だった。かしの木の羽目板を巡らした四方の壁の中央に楕円形の食卓が置かれ、その上に、ごく薄手のグラス類や、ていねいに使い込んだ銀のスプーンやフォークが整然と並んでいる。さっきの中年の婦人が、二つ切りのグレープフルーツの皿を配って歩いた。グレープフルーツにはすぐりのジャムと赤砂糖がかけてある。

「こんなにおいしい食べ方があったなんて、私、初めて知りましたわ」スザンナがお世辞抜きで言うと、リディアは隣の孫娘にちらりと目をやった。

「シーアンの作品なんですよ」

「まあ」スザンナは頬を染めてうなだれている娘に暖かい微笑を送った。「自分で考えたの?」

シーアンは慌てたようにかぶりを振った。「いいえ、お料理の本で見つけたんです。でも、本当のごちそうはこれから出てくる祖母のスフレですわ。とろけるようにおいしいんです」

そのとおりだった。少し固めの皮に中のチーズがとろりと溶け合い、口の中に、えもいわれぬ味のハーモニーを奏でた。なごやかに食事をしながら、リディアはスザンナにさまざまな質問をした。家族のこと、学校のこと、仕事、趣味などなど、それはありきたりの質問ではあったが、スザンナは自分が答える以上のことをリディアの青い目が鋭く見抜いているような気がして、しだいに居心地が悪くなった。老婦人の口からニールの名前が出るたび、なぜか目を伏せてしまう自分にも腹が立った。一度だけ、勇気を奮ってリディアを見つめ返してみたが、謎《なぞ》めいた楽しそうな笑みをたたえた青い目に合い、不覚にも頬を染めてうなだれてしまう始末だった。

「私、ニールのこと大嫌いだって思うときがあるわ」デザートの桃の皮をむきながら、シーアンが独り言のように言った。

「おや、そうかえ?」と言うリディアの目はまっすぐにスザンナを見つめていた。スザンナはテーブルの果物かごから急いで桃を一つ取った。「スザンナ、コーヒーはブラックにします?　それとも……」

「ブラックでお願いします。……どうも」スザンナは老婦人の視線を避けながらコーヒーを受け取った。

「私、皮肉屋さんが嫌いなの」またシーアンが言った。「物事を悪いほうにばかり考えるんですもの」

「皮肉屋というのは、ロマンチストの裏返しでもあるとは思いませんか?」リディアがほほ笑みながらスザンナにたずねたが、答えたのはシーアンだった。

「私、そういう謎々ごっこみたいな言い方も嫌いだわ。身の潔白を証明できない人間は全員が有罪だって思いこんでいる、そういうニールを、私は皮肉屋さんだって言ってるんです」彼女は恨みのこもった陰気な口調で言いきったが、胸につかえていたことをしゃべってしまって気分がよくなったと見え、むき終えた桃をほおばってにっこりした。

「ニールのことを、スザンナはどう思っていらっしゃるの？」リディアが穏やかにたずねる。

「お答えできるほどあのかたを存じ上げてはおりませんわ」スザンナは狼狽《ろうばい》を隠すのに必死だった。

「では、もっとよくお知りになったあかつきに、もう一度おたずねしてみましょうね」リディアの目に楽しそうな光が躍った。

「もっとよく知りたいなどとは私、少しも思っておりません！」

スザンナは自分でもぎょっとしたほどの大声をあげてしまった。それに驚いたかのように食堂のドアが突然大きく開き、まさに話題の主の人物が、後ろにガールフレンドを従えて戸口に現れた。ジル・ハードウィックは場違いな礼儀知らずのグループの中に連れてこられたかのように眉を寄せている。

「どうしたんですか？」食卓の三人の顔を順ぐりに見つめながらニールがたずねた。「口論をしているような大きな声が聞こえましたよ」

「おまえの思い過ごしですよ」と、リディアが笑顔で言った。「誰も口論なんかしていないわ」

「じゃあ、何を話し合っていたんです？」今度はスザンナの顔を見つめながらニールが言う。

「取るに足りないことですの」ニールのことを〝取るに足りない〟と表現してやれた幸運にスザンナは心の中でにんまりしたが、ふと、当人は何もかも承知でたずねているのかもしれないと思い当たり、ますます気をよくして言い添えた。「本当に、わざわざご披露する価値もないようなことですわ」

ニールは両手のこぶしを固く結び、それが暴れだすのを恐れるかのようにポケットの中にしまい込んだ。「シーアンの将来についての話し合いには、何か成果がありましたか？　妹には多少とも才能があるとお考えですか、ミス・ハワード？」

「もちろんですわ、アードリーさん。問題は、その才能を本人がどういう方面に向けたがっておいでかということではないでしょうか」

「最初からそこが問題なんだ」ニールが不機嫌につぶやいたとき、後ろのガールフレンドが言った。

「だから、前々からスイスの花嫁学校を紹介して差し上げるって言っているのに……」

「そんな学校、大嫌い！」シーアンが真っ赤になって立ち上がり、ジルをにらみつけた。「それに、みんなが寄ってたかって子ども扱いするのも、もううんざりだわ！」彼女は戸口に突進し、ジルを突き飛ばすようにしながら廊下に飛び出していった。

「シーアン、戻ってくるんだ！」とニールがどなったが、彼の祖母は穏やかに孫をたしなめた。

「行かせておやり。あの子も悩んでいるのよ」

「あなたが甘やかすから、シーアンはますます増長するんです！　なぜ、そんな顔をして僕を見なきゃいけないんだ？」後半は、反感をむき出しにして見上げていたスザンナに投げつけられた質問だった。

「弱い者いじめがご趣味のようだと思ったから」

その首をへし折ってやりたい、とニールの顔は語っていた。「君なんかの知恵を借りようとした僕が愚かだった！」

「同感ですわ」平然と答えたスザンナを、ジルの鋭い目が注意深く見つめた。

「お目にかかるのは初めてですわね？」ジルは険悪な空気を吹き飛ばすかのような笑顔で歩み寄って握手を求めた。しかし、ほほ笑んでいるのは彼女の口もとだけで、目はスザンナの緑色のドレスの値踏みに忙しく動き回っている。「ジル・ハードウィックと申しますの。どうぞ、よろしく」

「スザンナ・ハワードです」スザンナのほうはわざとにこりともせずに言った。相手の着ている白い絹のブラウスと黒いスカートの値段の合計が自分の一週間当たりの収入とほぼ同じということは、とっくにわかっていた。

「私が二階へ行って、少しシーアンと話をしてみましょう」両手で椅子の腕木につかまりながら、リディアが不自由そうに立ち上がった。彼女の年齢をスザンナは当初六、七十歳に見ていたが、ここへ来て、実際は八十歳に近いのではないかと思い始めた。立つときの動作が、見ていて気の毒なほどつらそうだ。しかし、ニールが歩み寄って腕を差し出すと、老婦人は迷惑そうにかぶりを振った。「結構よ。よけいな手助けは無用です」

「僕もシーアンに話したいことがあるんですよ」ニールは祖母をかばうように後ろに従った。

二人が食堂を去ったあと、ジルはスザンナを横目で見ながら彼女の隣に座り、果物かごから桃を一つ取って銀のナイフで皮をむき始めた。「気の毒に、ニールは妹さんにすっかり手を焼いていますの。シーアンは財産目当ての結婚詐欺師に引っかかってしまったんですって」

スザンナが息をのんで身構えたことに気づいているのかいないのか、ジルは桃の実を二つに割って片方を小皿に置き、残った片方を上品なしぐさで口に入れた。それをおいしそうに平らげた後、彼女はナプキンで指先をぬぐいながら、打ち明け話でもするようにほほ笑んだ。

「その手の男性が近づいてきても、私なら逆手を取ってからかってやれるんですけれど、シーアンはあのとおり世間知らずでしょう？　そこにつけ込まれたんだと思いますわ。すっかりお熱を上げて、かけ落ちまがいの騒ぎまで起こしてしまいましたの。幸い、間一髪のところでニールがゆくえを突き止めていた男を追い払ったんですが、もし手後れになっていたらと思うと……」恐ろしそうに身震いしてから、ジルは残り半分の桃の実と、ほっそりした自分の体を交互に見下ろした。「この桃、どうしようかしら。

私の体、あと十キロは減量が必要だとお思いになりますでしょう？」

「いいえ、せいぜい六、七キロで充分だと思いますわ」スザンナは愛想のよい猫なで声で言い、相手の口があんぐりと開いたのを見て意地悪な喜びにひたった。ジルがスタイルを褒めてもらいたくて水を向けたことぐらいはわかっているし、ほかの場合ならばかばかしいとは思いながら調子を合わせてやったかもしれない。しかし、知りもしないアレックスのことを〝財産目当ての結婚詐欺師〟ときめつける人間に対しては、もっとひどい言葉をぶつけてやっても足りないくらいだ。もっとも、こんな嘘《うそ》をジルが自分で考えついたはずはない。誰かが悪意と偏見に満ちた作り話をジルの頭に吹き込んだのだ。その誰かとは、ニール以外にいったい誰がいるというのだろう。スザンナは激しい怒りが全身をじりじりと焦がすのを感じた。


しかし、顔だけは超然とした笑みを保ったままのスザンナを、ジルは警戒するように見つめ始めた。

「私たち、以前にどこかでお会いしたようにも思えるんですけれど……違いますかしら？」

「さあ、どうでしょう」スザンナは無関心に言い捨てた。

「やっぱり、どこかでお会いしたような気が……」

ジルは指先で唇の辺りをはじきながら眉を寄せて考え込んだ。「あなたは……リディアのお知り合い？ ブライトンにお住まいなの？ それとも……シーアンの学校関係のかた？」スザンナがこの家にいる理由を突き止めないでは気が済まなくなったらしい。「ひょっとして……ニールの会社のかた？」ニールの知り合いであってはほしくないと、彼女の目は露骨に語っていた、

「いろいろおたずねいただきましたが、まとめてご返事いたしますわ――いいえ、と」がっかりしたジ

ルの顔を見て、スザンナは必死に笑いをこらえた。

「どんなお仕事をなさっておいでですの？」ジルはスザンナの左手に目をやり、指輪のない薬指を見ると、さらに落胆とあせりの色を強めた。「職業をお持ちじゃないということはあり得ませんでしょ？」

「あり得ませんかしら？」スザンナはわざと困ったような顔をして見せた。「例えば不労所得者かもしれませんし、ひょっとして、ニールに囲われている愛人かもしれませんし、あるいは……」急に言葉が続かなくなった。開け放したままの戸口から突然ニールが現れ、ぎょっとしたように足を止めたのだ。

彼の灰色の目は驚きを通り越したかのように無表情にスザンナを見すえていた。

ジルが少しヒステリックな高い笑い声をあげた。

「風変わりなご冗談ですこと！」彼女はスザンナにくるりと背を向けて立ち、ニールの腕に手を通した。

「そろそろ家へ送っていただけて？　私、今日は四時前に必ず帰るって、ママに約束してきたの」

ニールは無言でうなずき、またスザンナにちらりと目をやった。「シーアンが会いたがっている。二階へ行ってやってくれないか」彼は返事を待たずにきびすを返し、ジルを伴って立ち去った。

玄関のドアが閉まった音を合図に、スザンナはそろそろと立ち上がって戸口に向かった。いくら腹立ち紛れとはいえ、なぜ〝ニールの愛人〟などという言葉を口走ったのだろう。顔が火のようにほてり、どっと冷や汗が吹き出す。ニールは、彼が詐欺師ときめつけた青年の姉もまた、金銭目当てに愛人の座をねらっていると受け取ったに違いない。「自分で自分の頭を蹴《け》飛ばしてやりたいわ」階段を上がりながらつぶやいたスザンナは、上から降ってきた低い笑い声を聞いて、危うく足を踏み外しそうになった。見ると、階段の下り口にリディアが立っている。

「そんな器用な芸当、体操選手でも無理ですよ」明るく笑う青い目を見て、スザンナはまた赤くなった。

「シーアンがお待ちだと聞いて来たのですが……」

「ええ、行ってやってくださいな。そこのドアですよ」リディアは二階に上がってきたスザンナに右手のドアを示したあとで、不意に笑みを消して言った。「ねえ、スザンナ、一つだけ質問したいんだけれど、嘘偽りのないところを答えてくれますか?」

一秒ほど考えてから、スザンナは静かに言った。

「ご質問の内容によります」

老婦人はかすかに苦笑した。「正直な娘さんだこと。私たちの世代の人間なら〝清廉の徒〟と呼ぶところだけれど、近ごろの時代だと、あなたのような人は〝つむじ曲がり〟と呼ばれそうね」

「ニールならそう呼びたがると思います」口を開かなければよかったとスザンナは悔やんだ。すみれ色の青い目が、またもや心の中まで見通すような鋭い視線を投げかけてきている。彼女はいたたまれない間の悪さを感じ、早口でたずねた。

「で、どういうご質問でしょうか?」

リディアはスザンナの茶色の目をまっすぐに見つめたまま、ゆっくりと言った。「あなたの弟さんに対してシーアンが抱いている感情を、あなたは純粋な意味で愛だと思っておられますか?」

スザンナは小さなため息をついた。「困りましたわ。正真正銘、正直なところを申し上げて、〝私にはわかりません〟とお答えするよりほかございません。本当に、わからないんです。それと、前もって申し上げておきますが、アレックスの側の正確な心理も、私にはわかっておりません。当人は純粋な愛以外の何物でもないと信じきっておりますけれど、二人とも人間として未熟な部分をかなり抱えておりますし、理性よりは感情に流されやすいタイプです。二人はそれぞれの傷つきやすい心に何かの安らぎとぬくもりを求めて恋愛ということを思いつき、それを急いで実行に移したといえるかもしれませんわね。でも、そういう形の愛は純粋な愛と呼べないのか、ということになりますと、私は、また〝わからない〟と繰り返すしかないようです。高い絶壁から落ちていく人を想像なさってみてください。誰かに後ろから押されたか、あるいは覚悟の上の身投げか、あるいは単純につまずいて足を滑らしたか、原因がなんであれ、現にまっさかさまに落ちつつあるという事実は一つきりですわ」

リディアは優しい微笑を浮かべて聞き入っていたが、軽く眉を寄せた目の辺りは真剣そのものだった。

「なるほどねえ……」彼女は非常にゆっくりと言った。「実体がどうであれ、当人たちが本物だと考えている限り、それは間違いなく本物の愛と呼ぶべきだろう――そうおっしゃりたいのね？」

「何度も申し上げるようですが、正確なところはわかりかねます。なにしろ私は一度も……」一度も恋に落ちた経験がないと告白してしまう一歩手前でスザンナは危うく踏みとどまった。「シーアンが待っていますので、私、もう行きませんと……」

「一度も、の先は？」頬を真紅に染めたスザンナを好もしげに見つめながら、老婦人は穏やかに引き止めた。「気を持たせたまま行ってしまわないでちょうだい。一度も、何をしたことがないの？」

「それは……いろいろですわ。日記を最後のページまで書いたこともありませんし、象に乗ったことも、エベレストに登ったこともありません」

リディアは楽しそうに笑った。「お上手ねえ！」

「何がでしょうか？」

「カムフラージュ作戦がですよ。名人級だわ。さあ、シーアンのところへ行ってやってちょうだいな」

頬に赤みを残したまま、スザンナは教えられたドアを軽くノックして中に入った。シーアンはベッドの上に座り込んで固く目を閉じていたが、スザンナが歩み寄ると、その目を悲しそうに見開いて待ちかねたような早口でしゃべりだした。

「アレックスが会社を辞めたって、たった今ニールから聞いたんだけど、そんなの、嘘でしょう?」

「いいえ、本当よ。別の就職口が見つかったから退職願を出して辞めたの。今は息抜きにスペインへ遊びに……どうしたの?」シーアンの頬に大粒の涙が伝っていることに気づいて、スザンナは目を丸くした。それが引き金になったかのように、シーアンは子どものように手放しで泣きじゃくり始めた。スザンナは駆け寄り、大きく上下している肩を抱きながらハンカチで涙をふいてやった。「いい子だから、泣かずに話してごらんなさいな。何が悲しいの?」

「だって……だって、アレックスが……」

「心配してくれるのはうれしいけれど、アレックスは大丈夫よ。今度の会社のほうがお給料もいいし、仕事の内容も今までの会社より……」

「そんなことじゃないわ!」シーアンは怒ったようにスザンナの手を払いのけた。「私がアレックスをあきらめないなら彼を会社から追い出すって……そうニールに言われたから、私はあきらめたのよ。二十五歳になるまで私には一ペニーも渡さないとも言われたわ。アレックスが会社を首になって、次の仕事がなかなか見つからなかったら、私たちはどうやって暮らしていけばいいの? たちまちアレックスは私を憎み始めるわ。ニールはそう言ったし、すごく悔しかったけど、そのとおりだと私も思ったから、だから私は……」彼女は両手に顔をうずめて、またせきを切ったように泣きじゃくり始めた。

スザンナは無言で見守っていたが、泣き声がようやく静まったころあいを見はからって再び体を乗り出し、シーアンの手にハンカチを押しつけた。

「それぐらい泣けばもう充分よ」彼女は静かな威厳をこめて言い渡した。「すると、あなたは自分が間違った選択をしたと思っているのね？　そしてそれは、あなたのお兄さんのせいだと？」

シーアンは大きくうなずいた。「あのまま二人で暮らしていれば、私たちは幸せになれたんだわ」

かすかに苦笑しながら、スザンナは重々しくかぶりを振った。「ひどく不幸になっていたと思うわ」

シーアンの顔がゆがんでひきつった。「ひどいわ。あなたまでニールの肩を持つのね！」

「いいえ、私は傷ついた弟の肩を持とうとしているだけよ。あの家を出ていくとき、あなたはアレックスの気持をたずねてくれたかしら？　お兄さんの脅しを怖がるような人間かどうか、確かめてくれた？　気の毒だけれど、シーアン、あなたはまだまだ大人になりきっていないわ。〝大人です〟と、自信を持っていえるようになるまで、二度と弟に近づかないでほしいの。私は、弟がこれ以上あなたから傷つけられる姿を見たくないのよ」残酷かもしれないが、これを言ってやるのが当人たちのためだ。

シーアンはハンカチを強く握り締めたまま身動きもしない。スザンナは静かに戸口に寄り、ドアを開ける前に表情を和らげて振り向いた。「ただ悩んでいても人生の道はひらけないのよ、シーアン。自分が本当に何をしたいのか納得がいくまで考えて、それが決まったら、あとは実行あるのみよ。お兄さんがどう出ようとも、あなたの人生は、あなたのほかに誰が生きるっていうの？」涙の跡に汚れていても、なお美しいシーアンの顔を見つめているうちに、スザンナは雨風に打たれた大輪の花を連想した。もう一雨降れば、今にも散ってしまいそうな心もとなさがある。「強くならなきゃだめよ、シーアン。早く大人になってちょうだい！」しかりつけるような声で言って、スザンナはドアの外に出た。

7

次の日から数日間、スザンナはひたすら家の改装作業に精を出した。朝は夜明けと同時に起きて活動を始め、夜も翌日に備えて十時前にはベッドに入るという極めて健康的な生活だったが、日中の作業がきつすぎるため、日を追うごとに体の節々が痛みだした。毎朝、顔をしかめながらベッドからはい出すたびに、彼女は自分の不甲斐《ふがい》なさをののしり、ロンドンに帰ったら少しずつでも規則的に運動を続けて体を鍛えるという誓いを立てた。

ある朝、起きて階下へ行ってみると、一晩のうちに夏の名残は消え、さわやかな秋が訪れていた。枯れ葉の香りがどこからともなく漂い、台所から見えるライラックの木も葉を落とし始めている。その枝と枝の間に蜘蛛《くも》が一匹、見事な巣を完成させていた。風が吹くたびに枝が揺れ、ビーズ玉のような朝霧をつけた巣も静かに揺れる。久しぶりにのんびりと朝食を終えたスザンナは、食卓の椅子に腰をすえたまま、古い封筒の裏に大きな蜘蛛の絵をいたずら書きしてみた。昨日までの奮闘が実り、作業は二階の北の隅の一室を残すだけになっている。アレックスは今、スペインのどこにいるのだろう。母の死後に電話を外してしまったので、ここにはスペインからなんの音信もないが、たぶんロンドンのアパートには帰国の日時を知らせる手紙かはがきが届いていることだろう。それに、出版社からのはがきも来ているかもしれない。そうなると、いよいよハーディーの故郷を訪ねる旅の準備を始めなくてはいけない。

窓の外に鳥の羽音が聞こえた。つぐみが一羽、ライラックの枝に来てとまったところだ。しばらく毛繕いしながら羽を休めたあと、つぐみは再び大きくはばたいて秋空高く飛び去った。私もそろそろ今日の仕事に取りかからなくてはと思いながら、いたずら書きの鉛筆を置いたとき、スザンナはぎくりとして息をのんだ。蜘蛛の絵の横に、いつの間にか人の似顔絵ができ上がっている。ごく大ざっぱな線描《が》きだが、紛れもなくニールの険しい横顔だ。

「冗談じゃないわ」スザンナは封筒を手荒く丸めてくずかごめがけて投げつけた。そして、食器を重ねて流しに運ぶと、くだらないことに時間をつぶした自分に悪態をつきながら二階に駆け上がった。着ているものは、今日も着古したジーンズとTシャツだ。家から一歩も出る気はないし、人が来る予定もないので、髪は古いスカーフの中に押し込み、化粧もしていない。それに、このところは仕事の下調べのつもりで持ってきたハーディーの小説にも久しく目を通していない。肉体労働に精力を費やしてしまって、頭を使う余力がほとんどないせいだが、この点はむしろありがたいことだった。たまに仕事を怠けて考え事を始めたりすると、決まって今のような手痛い天罰が下るのが落ちだ。憎らしいことに、ニール・アードリーは許しも得ずに人の意識下に住みついてしまい、ことあるごとに存在を主張しようと手ぐすね引いて待っているらしい。

一時間後、スザンナが高い脚立の上にのって寝室の天井にペンキを塗っていると、階下から物音が聞こえた。どう考えても、玄関のドアが閉まった音だ。彼女はペンキのはけを動かす手を休めて耳を澄ました。

「スザンナ！　いるんだろう？」

低音の大きな声を聞いても、スザンナはさほど驚かなかった。物音を聞いた瞬間、真っ先に思い浮かべたのが、その声の主の顔だったからだ。彼女は脚立を下り、ペンキに汚れた手を古布でふいてから階段の下り口に行った。

ニールが階段の真下に立って上を見上げていた。玄関側からの逆光で、顔の表情はよく見えない。

「ノックもせずに入り込んできたのね？」というスザンナの問いに対し、ニールの口もとがほころんで白い歯がこぼれた。

「ノックはしたが、返事がなかったんだ」

「返事がなければ、そのまま帰るのが常識だわ。私は今、すごく忙しいの。水曜日までに全部のペンキを塗り終えてロンドンに帰らなきゃいけないのよ」

鋭い声を投げ下ろしながらも、スザンナは体の中で始まった騒々しい反応に手を焼いていた。今日のニールはラフなジーンズに黒いスポーツシャツという装いで立ちだが、そのシャツの襟から褐色の素肌がわずかにのぞいている。不意に喉もとにこみ上げてきた熱い塊を、スザンナは憤然とのみ下した。ニールが男性であるということを、今まで知らなかったと
でも？　もちろん知っていた。けれど……。

「忙しくて手が放せないなら、僕がそっちへ行こうか？」ニールはからかうように言って階段の一段目に足をかけた。とたんに突拍子もない妄想がスザンナの脳裏を占領し始め、彼女は無意識のうちに自分の横の戸口に目をやってしまった。そこは最初に改装を終えた主寝室で、ベッドもきちんと整えてある。次の瞬間、彼女は顔を赤くほてらしながら階段を駆け下りた。妄想の中身を千里眼で見抜いたかのように、ニールは意地悪くほほ笑んでいた。

スザンナは一階に下り立つ一段手前で足を止め、いとも冷淡に言った。「で、何をご所望なの？」

「かたじけない。望みの品を言いさえすればいいんだな？　なんでもかなえてもらえる？」

スザンナは眉一つ動かさず、さらに冷たい声を投げつけた。「あなたの言葉遊びのお相手をするほど私は暇じゃないのよ、アードリーさん。とっとと用

件を済ませて帰ってほしいものだわ」

ニールの目から笑いが消えた。「君は訪ねてきた人間を、いつでもそういう態度で迎えるのかい？」

「いつでも、ではないわ」

「すると、男性の場合だけ？　君は男嫌い？」

ありったけの憎しみをこめてニールをにらみつけながらも、スザンナの頭の半分は彼の目に映っているであろう自分の姿を思ってうろたえた。ぼろ同然のものを着て、化粧っけもない顔――さぞかしひどい姿に見えることだろう。

「男性もまんざら無用の長物じゃないことは知っているわ。でも私は今のところ特定の誰かを必要としてはいないし、とりわけ、あなたと親しくする必要は全く感じていないの。あなたは都合のいい記憶喪失症を患っておいでのようだけれど、私のほうは愛する弟が誰から悪人呼ばわりされたか、ちゃんと覚えているのよ」

「僕も僕なりに自分の妹を愛していればこそ……」

不信感に満ちたスザンナの笑い声に話の腰を折られ、ニールは急に語気を強めた。「愛していればこそ、妹のために最善と信じた行動に出たまでだ！　ただし、君の弟がどういう気持でシーアンと親しくしていたかという点については、多少の誤解があったかもしれない。僕も完全無欠の人間ではないからな」

「ずいぶん控えめな言い回しですこと」冷笑を見せつけながらつぶやいたスザンナは、ニールが怒りに顔色を変えたのを見て奇妙な安堵《あんど》を覚えた。怒り狂っているニールのほうが、まだしも扱いやすい。

「君は他人の立場で物事を見るということができない人間なのか？」ニールは居丈高に詰問した。「頭から君の弟を悪人と決めてかかったのは、確かに僕の早合点だったかもしれない。それによって彼の心が傷ついたことは気の毒だとも思っている。だが、長期の出張から舞い戻ったとたんに妹の手紙を読まされた僕の身にもなってみるがいい。シーアンが一生を棒に振るような事態に足を踏み入れる前に一刻も早く救い出さなければ、と思ったのも当然じゃないのか？」

「だからといって、アレックスのことを〝財産目当ての結婚詐欺師〟だと世間に言い触らして歩く必要がどこにあるの？」

ニールは憎々しげに眉を寄せた。「世間だと？　妹を世間のスキャンダルに巻き込むようなことを僕が自分から宣伝して歩いたというのか？」

「ええ。現に、あなたのガールフレンドの口から、私は〝結婚詐欺師〟という言葉を聞かされたのよ」

「ガールフレンド……」ニールは数秒ほど無言でスザンナを見つめた。「すると、ジル・ハードウィックが君にそんなことを？」

スザンナは短い笑い声をあげた。「あなたの宣伝活動のお手伝いをしていることが、ずいぶん得意そうだったわよ」

「彼女は君がアレックスの姉だと言うことを知ってしゃべっていたのか？」

「どうかしら。知らないようには見えたけれど、案外、わざと知らないふりをしていたのかもしれないわね」あのジルなら、それぐらいの演技は充分にやりこなせるだろう。

ニールは不意にきびすを返したが、そのまま立ち去るのではなく、考え込むような足取りで悠然と台所に入っていった。少し迷った末にスザンナもあとを追った。ニールは窓際に行って足を止め、葉を落としたライラックの枝の辺りをしげしげと見つめた。どうやら彼もまた、蜘蛛の巣に注意を引かれたらしい。強い風でも吹いたのか、巣の一部が破れ、巣の住人が目下せっせと修復作業に励んでいる。

ニールがゆっくりと振り向き、複雑な表情でスザンナに目をやった。「君は信じないだろうが、僕の口からはジルに一言もしゃべっていない。彼女が何か知っているとすれば情報源は僕以外の誰か……たぶん、シーアンだろう。二週間ほど前、祖母が体調をくずしたものだから、僕は何日か妹をジルの家に泊まりに行かせていたんだ」彼は眉を寄せながら軽いため息をついた。「そういう配慮は無用だと祖母はしきりにがんばるんだが、故障寸前の心臓を抱えているうえに今年で八十歳という高齢を考えると、僕としては慎重にならざるを得ないんだよ」

「あなたのおばあさまって、本当にすてきなかただと思うわ」リディアのさまざまな表情を思い返しながら、スザンナは少し声を和らげて言った。

「そのとおり、すばらしい女性だよ」ニールはほほ笑みながらうなずいた。「いくつもの悲しみを経験しているのに、誰にも一言の愚痴もこぼしたことがない。そんな人柄のせいもあって、三十代の若さで僕の祖父と死別したあとも、彼女の前には常に大勢の求婚者が入れ替わり立ち替わり現れたし、そのうちの何人かは今でも彼女の親衛隊としてがんばっているよ。そういう老人の一人から聞いたんだが、祖母がついに誰とも再婚しなかったのは、今でも僕の祖父を愛し続けているからなんだそうだ」ニールの灰色の目には愛情に満ちた温かい笑みが浮かんでいた。

「いいお話ねえ」スザンナは胸を打たれてつぶやいた。「おばあさまが三十代のころっていうと、今から四十年も前でしょう？　そんなにも長く一人の男性を愛し抜けるなんて……。あなたのおじいさまって、どういうかただったのかしら」あなたに似ている人？　だとすれば、リディアが再婚の話を拒み続けた気持もわかるような気がするわ。

スザンナの声が耳に届いているのかいないのか、ニールは遠くを見るような表情で再び話し始めた。

「祖父母の間には、僕の父の下に娘も一人いたんだが、そのアリスは十歳のとき、湖に遊びに行ったまま帰らなかった。乗っていた小舟が転覆し、いっしょに乗っていた兄は泳げなかったために妹を助けられなかったんだ。そのショックで彼は夜な夜な夢にうなされて熱を出したそうだよ。祖母はいつでも息子のそばに駆けつけてやれるよう、ベッドの中で聞き耳を立てたまま朝を待つ生活を何カ月も続けたそうだ。アリスが亡くなったのは、祖母が夫を失った、ちょうど一年後だったそうだ」

スザンナは息を殺して聞き入るばかりだった。あのリディアの穏やかな笑顔の裏に、そんなにも残酷な悲劇が隠されていたとは……。

「僕の父は、結局そのショックから立ち直ることなく死んでいったようだな」単調な声でニールは話を続けた。「僕は父の笑顔というものを見た記憶がない。笑いに限らず、どんな感情も絶対に表に出さない人だった」

「たぶん、人を愛することを恐れていらっしゃったんだわ」スザンナが思いを声に出してつぶやくと、はっとしたような視線がニールから飛んできた。

「祖母からアリスの話を聞いて初めて、僕もそう思うようになったよ。祖母が話してくれたのは、僕が二十歳になる少し前――父の葬儀の翌日だ。僕は実の父の死に遭いながら、どうしても悲しみにひたれないでいる自分にいら立ち、罪悪感に苦しめられていた。そんな僕のために、祖母は誰にも語ったことのない悲しい過去の話をあえてしてくれたんだと思う。人の心を読み取る名人だからな」

スザンナは急いで顔を伏せた。あの日、ニールの名前が出るたびに目を背ける娘の態度から、リディアはどんな気持を読み取ってしまったのだろう。

「少年時代の僕は、父を憎んでいたといってもいいだろう」スザンナが上目づかいに見上げると、ニールは再び窓の外を凝視しながら淡々としゃべっていた。「両親は夫婦仲が悪く、家庭内のいざこざが絶えなかった。夜、両親の寝室から激しく口論する声が聞こえてくるたびに、僕はベッドの上がけを顔の上に引き上げて耳をふさいでいたものだ」

想像もしなかったニールの一面を知らされ、スザンナは息を止めて立ちすくんだ。

「もちろん僕は父を悪者にしていた」ニールは一語一語をかみ締めるように静かに言った。「父の愛情を肌で感じたことはただの一度もなかったし、それでなくとも、子どもというものは、いつも身近にいる母親のほうに親しみと愛情を感じがちだ」

彼は困ったように肩をすくめた。再びしゃべり始めたニールの声は低く、荒々しかった。

「僕の母親は美しい女性だった。顔ばかりでなく、心も清く美しいと僕は信じていた。すべての女性の理想像だとまで思っていたんだが、父の葬儀の数時間後、母は不意に家からいなくなってしまった。翌日、祖母はアリスの話をしたあとで、重い口を開いて母のゆくえも教えてくれた――母が以前からの恋人といっしょにイタリアへ行ってしまった、と。それ以上は僕がいくらせがんでも、祖母は頑として話してくれなかったから、僕は数年間かけて自分で真相を探り当てなければならなかった。そうやって突き止めたのが……父と結婚して間もないうちから、母が複数の愛人と情事を重ねていたという事実だ。それを知って苦しんでいる僕に、祖母は〝一種の病気だと思って許しておあげなさい〟と言った。母は年とともに自分の容姿が衰えていくことに病的なまでの恐怖心を抱き、身の回りに常に崇拝者たちを引きつけておくことで、かろうじてうわべの平静を保っていたに違いないというんだ。祖母の説明は的を射ているようにも思えるが、僕は心理学者じゃないから正確なところはわからないし、あえて知りたいとも思わない。間違いなくわかっているのは、父が一人の男として耐えがたい屈辱にさらされながら、子どもたちのために必死に歯を食いしばって耐えていたという、そのことだ。彼の子どもである僕は、ずっと母の側に立って父を憎み続けていたのに!」

ニールは口を固く閉ざし、鋭い苦痛と闘っているような苦悩の表情でスザンナを見すえた。「こんな話を、なぜ君に聞かせているか、わかるか?」

彼の視線に射すくめられ、スザンナは小さくゆっくりとかぶりを振るのが精いっぱいだった。ニールの唇がわずかに動き、寒々とした薄笑いが浮かんだ。

「僕自身にもわからない。今まで一度も人にしゃべって聞かせたことはないし、世間では母が愛する父の死に遭った悲しみのあまり、幼いシーアンだけを連れて遠いイタリアに去ったと今でも思っているよ。その点では、表面だけでも理想的な夫婦像を演じ続けた母に敬意を表すべきなのかもしれないな。祖母でさえ、真相の詳細については知らない部分が多いようだが、僕だけは母の日記を読んで何もかも知ってしまった。読み終わるとすぐに、僕は全部の日記帳を火の中に投げ込んで、白い灰になるまでかたときも目を離さずに見つめていたものだよ。あれは南国のイタリアにしては、ひどく寒い日の夕暮れだった。母の死後、僕はシーアンを引き取りかたがた遺品の整理に出向いたんだ。少しでも金めの遺品は同居していた男が金に換えて逃げたあとだったから、シーアンは家具もほとんど残っていない家の中で、貧しいメイドの少女に養われていた」そのときの光景を消し去ろうとするかのように、ニールは片手で目の辺りをこすった。「その家の中で、僕は日記帳を見つけ、真相を突き止めたい一心でページを開いたんだ。読まずに燃やしてしまえばよかったと思うときもあるよ」

苦渋に満ちたニールの顔を見つめたまま、スザンナは静かな声で短い質問をした。「シーアンは、あなたのお父さまの子どもなの？」

「同じ質問を何年も僕は自分自身にぶつけていたものだよ」ニールは自嘲《じちょう》めいた笑いとともに言った。「そのために、僕はシーアンに対して兄としての素直な情愛で接することがなかなかできなかった」

かわいそうなシーアン、とスザンナは思った。ニールの心情も理解できるが、たとえ不義の子であったとしても、当時八歳の幼いシーアンにはなんの罪もないはずだ。

「しかし、長ずるにつれて、シーアンは顔も体つきも祖母の娘時代そのままといえるほど似てきた。妹が父の実子であるということは、もはや疑う余地はない。そう納得したときから僕は罪悪感に駆られ、意識的に妹をかわいがるようにした。今では純粋な気持で妹を愛せるようになったのを心からうれしく思っているが、ただ一つの気がかりは、彼女が母の二の舞を演じなければいいが、ということだ」

「まさか！　そんな疑いを持ってはシーアンがかわいそうだわ」スザンナは仰天して抗議した。

「君は僕の母を知らないから、そんなことが言えるんだ。母は天使のようなうわべとは反対に……」ニールは言いさしたまま顔をしかめた。「とにかく、そのことが頭にあったものだから、僕はぜひとも妹を大学にやりたかったんだ。しっかりした学問を身につけることで妹にまじめな人生を歩ませたいと思ったんだよ。その妹が僕の留守中に君の弟のもとに走ったと知ったとき、僕は彼女がついに母親譲りの本性を現したと思ってしまった」

「シーアンの中に隠れている気質があるとすれば、それはお母さま譲りじゃなく、半世紀以上も一人の男性を愛し続けたおばあさま譲りの気質だと思うわ」スザンナの言葉に、ニールは軽くうなずいた。

「たぶん君の言うとおりだろう。ただ、あの手紙を読んだときの僕は、恐れていた最悪の事態が起こってしまったという、そのこと以外に何も考えられなかった。その結果が、ああいう形での君との初対面になったわけだ」ニールは大きな息を吐き出して軽く苦笑した。「シーアンはここにいないと君が言い張ったとき、よく君の首をへし折らなかったものだよ。自制心を保つのに、あれほど苦労したのは生まれて初めてだ」

「驚いた、あれで自制心を保っていたつもり？」スザンナが大げさに目を丸くして見せると、ニールの笑みが広がり、目もとの暗い影が少し薄らいだ。

「君の口は正直にしゃべりすぎるきらいがある。正直という点では、目も口に引けを取らないがね」ニールは奇妙なまでにまじまじとスザンナの茶色の目をのぞき込んだ。「君にだまされたことのある人間がいるなら、ぜひお目にかかりたいよ。君は何一つ隠し事のできない、裏も表もない性格だ」

するど、今もこの目が何かを正直に語っているのだろうかと思うと、スザンナはいたたまれない落ち着きの悪さを感じた。思いがけない打ち明け話を聞かされ、ニールの行動にもそれなりの理由があったことも理解できるようになったが、だからといって必要以上の親しみを持つことには大きなためらいがある。だいいち、姉がニール・アードリーと親しくしているなどと知れば、せっかく立ち直りかけたアレックスがどんなに傷つくことだろう。

ニールが不意に明るくほほ笑みながらスザンナの全身をじろじろと眺め回した。「行って着替えてきてくれ、どこかで昼食をとりながら、シーアンの先行きについて君の助言を聞きたいんだ。あれほどいやがっているんだから、大学へやることはあきらめたが、やはり何かはさせなくちゃいけないだろう？」

スザンナは迷いに迷った。正直なところ、ニールと外出することには大いに乗り気なのだが、断るべきだとささやく理性の声も聞こえている。「ロンドンに帰る日が迫ってきたから、できれば仕事の手を休めたくないのよ」

「そこをなんとか、頼むよ」

へりくだったようなニールの笑顔にスザンナはたじろいだ。理性の声がためらいがちに消えていく。

彼女は腕時計を見つめた。

「そうねえ……三時ぐらいまでに帰ってこられるんだったら、仕事のほうもなんとかなりそうだけど、でも……」スザンナは自分の手に目を落として軽い渋面を作った。「あちこちペンキだらけだわ。これを落とそうと思ったら、どんなに急いでも支度に三十分はかかりそうよ」

「何十分でもお待ちしましょう」にんまり笑いながらニールは言った。「すぐ隣の村で感じのいいパブを見かけた。あそこなら、どんなにゆっくり食事をしても三時までには悠々と帰れるだろう」


「雄鹿亭《おじかてい》ね？　ええ、あそこは評判のいい店よ」スザンナはほっとしながらうなずいた。顔なじみの夫婦が安くておいしい料理を出してくれるが、まかり間違ってもロマンチックな雰囲気の店とはいえない。「じゃあ、なるべく急いで支度してくるわ」彼女は笑顔で言って階段へと走った。

汚れた服を手早く脱ぎ捨て、手やつめについたペンキをシャワーの下で力まかせにこすり落としている間も、スザンナの頭は先刻ニールから聞かされた話をしきりに思い返していた。今まで誰にもしゃべったことがないとニールが言うのだから、きっとシーアンは何も聞かされてはいないのだろう。もっとも、八歳までいっしょにいたのなら、母のことは覚えているだろうし、自分が普通の子とは違った環境にいるということも、幼いなりに理解していたに違いない。兄に嫌われているといって泣きだしたときのシーアンの顔を思い出して、スザンナは同情に胸を痛めた。現在は純粋な気持で妹を愛しているとニールは言ったが、その愛情の中に、どこかぎごちないものがあることを、シーアンは本能的に感じ取っているらしい。

ひょっとすると、すべてに対してあまりに消極的なシーアンの態度も、そこに原因があるのだろうか。実の兄にさえ嫌われるほどつまらない人間なのだと自分を卑下しているために、何をやるにも自信が持てない？　だとすれば、あと先も考えずにアレックスのもとに走った気持もわかるような気がする。愛情に飢え、孤独に苦しんでいた少女にとって、愛を語ってくれる男性の出現は天から与えられた命綱のようにさえ思えたに違いない。これを逃したが最後、孤独と自信喪失の泥沼に永久に取り残されてしまう――そんな不安とあせりに駆り立てられ、シーアンは必死にアレックスに取りすがったのだろう。

ニールは妹に対して罪悪感を持っていると言ったが、それは当然、持ってしかるべきだ。ここまでシーアンを追いつめた責任は当然彼にある。ただ、そのニール自身もつらく不幸な過去を背負って生きているのだ。むしろ、ああいう激しい気性だけに、もしリディアのような女性が身近にいて絶えず励ましてくれなかったとしたら、取り返しのつかない方向に自分を追い込んでしまっていたかもしれない。

体をふき、下着を身に着けたあとで、スザンナはニールと昼食に出かけるべきかどうかの迷いに、ようやく最後の終止符を打った。これ以上ニールと親しくなるのは極力避けなければいけないのだろうが、シーアンの置かれた立場を知ってしまった以上、なんとか力になってやりたいし、それに先日は少しきつく言いすぎてしまったような気もする。

しかし、いざ服を着ようとして、スザンナはまた少しあやふやな気分になった。一枚だけ持ってきたドレスは先日リディアの家に着ていったので、ほかのものとなると、クリーム色のセーターと焦げ茶のプリーツスカートしかない。見栄えのしないことはなはだしい。だが、もちろん近所のパブへ行くぐらいには充分だ――ニールの目を引こうという気など、さらさらないのだから。鏡台の前に座ってみると、目が少しうるんで顔も赤みが差していることがわかったが、スザンナはそれを湯上がりのせいだときめつけて急いで化粧に取りかかった。

身支度を終えて鏡の前で最後の点検をしながら、彼女はふと眉を寄せた。さっきから気になっているのだが、ニールはなぜ、あんなに詳しい身の上話をする気になったのだろう。これまでに知り得た彼の性格から考えて、今まで誰にも打ち明けずに通してきたということは当人から言われるまでもなくわかっている。それを、なぜ……。自分だけの胸の内に秘めているのが重荷になってきたのだろうか。それとも、アレックスを悪人ときめつけたことに罪の意識を感じて、自分の取った処置の背景を説明したくなったのだろうか。いや、彼が罪の意識を感じるとすれば、相手は行きずりの他人などではなく、もちろんシーアンに対してだ。妹に対する罪の意識に責め立てられ、なんとか自分を正当化するため、とりあえず目の前にいた人間に過去の事情をしゃべってしまったのだろうか。いずれにしても、ニールが実に複雑な心理の持ち主であることだけは確かだ。当人自身、自分について多くを知らないようにも思える。彼は初めてロンドンからこの家に乗り込んできた日、妹を愛していないと言われて血相を変えて怒った。あのときの彼の態度から、誰が今日のような話を推察できるだろう。それを思うと、彼が今日、すべての真実を語ったと信じ込むのは軽率かもしれない。隠された真相はまだまだ残っているのかも……。

スザンナは深い吐息をつきながらゆっくりと階段

を下りていった。ニールは台所の窓際に椅子を動かして座り、食卓の上に置きっ放しにしてあったハーディーの小説を読みふけっていた。豊かな髪が一房、うなだれた額の上に落ちそうになっている。激怒しているときのニールとは別人のような、端整で静かな横顔だ。見つめているうちに、スザンナは全身の血が熱く騒ぎ始めるのを感じ、思いきり強く唇をかんだ。まだ当分の間はどんな男性とも深いかかわりを持ちたくない――特に、この男性とは！

ニールが不意に顔を上げ、スザンナに気づいて柔和な笑みを投げかけた。心の中を一目で見抜かれてしまったように感じて、彼女の心臓は早鐘のように打ち始めた。

「ずいぶんと、おとなしいいで立ちだな」軽くスザンナの全身に目を走らしたあとで、ニールは冷やかすように言った。「パパと外出する女学生といったところだ」

スザンナは急いで態勢を立て直し、目を丸くして見せた。「まあ、あなたは私の父親ほどの年だったの？　もっと若いと思っていたのに」

「ひょっとして、君は僕を挑発しているのかい？」

スザンナは退却戦法を取り、「いけない、上着を忘れてきたわ」とつぶやいて二階に駆け戻ったが、愉快そうなニールの笑い声は、しっかりと耳に入ってしまった。上着を着て再び階段を下りたあと、彼女はなるべくニールから離れた場所に立って声をかけた。「用意はできたわよ。あなたは？」

「僕は最初から用意ができている」外出の用意ではなく、別のことだといっているような顔つきに見えたものの、スザンナはあえて質問するのを避け、礼儀正しい笑みを浮かべて言った。

「では、まいりましょうか、アードリーさん」

8

二人は雄鹿亭《おじかてい》が店を開けて間もない時間に行ったので、店内では特等席の窓際のテーブルを取ることができたが、続いて次々に客が立て込み、十分もするとほとんどのテーブルが埋まってしまった。カウンターへ注文をしに行っていたニールが片手にスザンナ用の白ワイン、もう片方の手に自分用のビールのグラスを持って席に戻ってきた。

「チキンバスケットを勧められたから、それを注文してきたよ。よかったかい？」

「ええ、ここの自慢のメニューなのよ」スザンナは白ワインに口をつけながら、カウンターの若いバーテンに目顔で会釈した。

「知り合い？」と、ニールがたずねる。

「小学校の後輩。弟の同級生よ」

「すると、子ども時代は、こっちに住んでいたのかい？」ニールは体を少し横にずらし、スザンナからバーが見えないように視界をふさいでしまった。

「美術学校に行くまでは、ずっとあの家で育ったの。弟も私もロンドンの住人になった今は、早めに家を処分してしまったほうがいいことはわかっているんだけれど、亡くなった母の遺志もあるし……」スザンナは言葉尻を曖昧《あいまい》にして肩をすくめた。

「お母さんの遺志って、どういうことなんだい？」

ことさら隠すほどの内容でもないと思い、彼女は母がアレックスの行く末に気をもみながら亡くなったことを話した。

「でも、アレックスも最近はずいぶんしっかりしてきたから、折を見て家を売る話を持ち出してみようかと思っているの。もちろん、売った代金の半分は弟のものよ」スザンナは目の前に当人がいるかのように断固として言った。「アレックスはたぶん受け取りたがらないと思うけれど、私が独り占めにするなんて絶対にできないわ」

「君は心底、弟のことを思いやっているんだな」

「今ではたった二人きりの肉親同士ですもの、当然だわ」からかわれたように思い、スザンナはかすかに頬を染めて言い返した。

「肉親同士の関係が必ずうまくいくとは限らないだろう」かすかな苦笑がニールの口の端に浮かんだのを見て、スザンナは彼が自分の家族関係のことを考えているのだと悟った。

「あなたにも、あんなにすてきなおばあさまがいらっしゃるじゃないの」スザンナが表情を和らげて静かに言うと、ニールは数秒の沈黙の後にうなずいた。

「どんな人？　君のお母さんだよ」

「美人かっていうこと？」

ニールは穏やかにかぶりを振った。「性格さ」

「母の性格は、要するに心配性の一言に尽きるわ。父は子ども時代から肺が弱くて、ずっと病気がちのまま、結局肺炎で亡くなったの。だから、母は父と知り合って以来、年がら年中、心配のしどおしだったし、アレックスが鼻風邪でもひこうものなら明日は肺炎で死ぬんじゃないかって、大騒ぎをしたものよ。心配が高じて、冬中一度も彼を外に出さなかった年もあるくらいなの。アレックスはよく我慢したと思うわ。私なら、とても我慢できないと思うけれど。私は生来、丈夫な子で……」

「引き続き現在に至る？」ニールが楽しそうに口を挟んだとき、雄鹿亭の店主夫人が料理を運んできた。

「いらっしゃい、スージー。しばらく顔を見なかったけど、元気？　アレックスも？」

「ええ、二人とも元気にやっているわ。ありがとう。あなたとピートもお変わりなく？」

「相変わらず大忙しの毎日よ、おかげさまで」大柄な婦人がにこやかにうなずいて調理場へ戻っていくと、ニールは愉快そうにスザンナを見つめて言った。

「スージー？　君の愛称なのかい？」

「とんでもない！　弟が勝手に呼んでいるだけよ。私はスージーなんて呼ばれたくないわ」

「わかるよ。君にはスザンナのほうが似合う」ニールは軽く周囲を見回した。「ずいぶん繁盛している店だな。実を言うと、こういう場所で食事をするのは今日が初めてなんだよ」

スザンナはそっけなく肩をすくめた。「でしょうね。あなたにはロンドンかニューヨークの超高級レストランがお似合いよ」

彼女の冷たい口調に気勢をそがれたふうもなく、ニールは静かにほほ笑んだ。「君はどうしてまた、美術の道を志したりしたんだい？」

「どうしてって言われても……」スザンナは不意を突かれた思いで口ごもった。「絵を描《か》くのが好きだったから、としか答えようがないわ。今だって、ほかのどんなことをしているときより、絵を描くほうが楽しいし、熱中できるのよ」

「ほう、ほかのどんなことよりも？」探るようなニールの視線を浴びて、スザンナは落ち着きを失い始めた。

「だって、それが仕事ですもの」彼女は目を伏せて言った。「そんなことより、シーアンの話をしなくちゃいけないんでしょう？　妹さんの将来のことを相談するために来たはずだわ」それとも、ニールは昼食に連れ出す口実として妹のことを持ち出したにすぎないのだろうか。

「その前に、まず食事だ。冷めないうちに食べよう」とニールは答え、二人はしばらく無言でフライドチキンと添え物のポテトチップを口に運んだ。

「店の評判がいいのも当然だな」空になった容器を

押しやりながらニールが満足そうに言った。「ここではコーヒーも出してくれるのかな？」

スザンナは女店主の視線をとらえて手まねでコーヒーを注文し、「すぐ持ってきてくれるわ」とニールに報告した。

「たばこを吸ってもいいかい？」スザンナがうなずくと、ニールは細めの葉巻を取り出して火をつけ、青い煙が静かに漂っていくのを見つめながらゆっくりと言った。「さて、シーアンの件だ。妹が何を考えているのやら、皆目《かいもく》わからないんだよ。当人は貝のように黙りこくっているし、祖母に知恵を借りようとしたら、君に会って相談しろと言われてしまった。祖母は君のことがずいぶん気に入ったようだ」

彼は、またもや探るような鋭い視線でスザンナを見つめた。「君も、祖母を好きになってくれた？」

「ええ」と答えたとき、コーヒーが運ばれてきたのでスザンナは女店主に笑顔を向けた。「ごちそうさま。いつもながら、おいしかったわ」

またテーブルに二人きりになったとき、スザンナは真顔に戻ってニールに言った。「シーアンは、お料理の勉強をしてみたいって言ってたわよ」

「な、なんの勉強だと？」あまりの大声に、周囲の顔がいっせいにこちらを振り向いた。

「驚くほどのことじゃないと思うわ。料理学校はロンドンじゅうにあって、大勢の学生が勉強しているでしょう？　あなたには絵の勉強をしたいって言ったそうだけど、あれは苦し紛れの出まかせでしょうね。お料理のほうは、是が非でもというほどじゃないにしても、少しは本気で考えているみたいよ。お料理なら、私は無難な路線だと思うの。その気になって勉強すれば資格だって取れるし、もし途中で気が変わったとしても、本格的に料理を勉強した経験はあとあとまで役に立ちこそすれ、害にはならないわ」

ニールは言葉を忘れたかのように黙り込んでいる。無言でコーヒーを飲み、葉巻をくゆらし、しばらく考え込んでは、またコーヒーに手を伸ばすという動作を機械のように繰り返すばかりだ。スザンナも返事を催促しようとはしなかったが、彼女のコーヒーカップが空になったとき、ニールは身を乗り出して葉巻を灰皿の上でもみ消した。

「帰る前に何かもう一杯頼もうか?」

スザンナは、首を横に振りながら立ち上がった。

「ペンキ塗りの仕事が待っているわ」

葉巻をふかしているうちにニールは何かの結論を得たのかもしれないが、だとしてもそれを話してくれる気はなさそうだ。

白いジャガーを運転してスザンナを家まで送っていく間、ニールはついに一度も口を開かなかった。ハンドルを操る彼の手は必要な場所で必要な動作を確実にこなしていたが、スザンナはドライバーが事実上は無意識のうちに運転を続けていることを見抜いていた。特に案じるほどのことではない。車の操作に熟練してくると、頭で何を考えていようが手足が勝手に動いてくれることを彼女も自分の経験で知っていた。

家の前の生け垣に寄せて車を止めると、ニールはハンドルに手を置いたまま助手席に顔を向けた。

「君のことを、僕はほとんど知らない」

唐突に言われ、スザンナははっと体を硬くした。そんなわかりきったことを、なぜ今さら?「そうね」とつぶやく以外、答えようがなかった。

「それなのに、君のことを何もかも知っているように思えるのは、僕の頭が狂っているのかな?」

「ええ、たぶん」目で相手をからかいながら、スザンナは淡々と答えた。ニールは苦笑したが、目だけは真剣に彼女の顔をのぞき込んでいた。ニールの片手がハンドルから離れ、人さし指の先がスザンナの頬を上から下へ、ゆっくりとなぞっていった。

「君は実に正直な人だ。腹が立つほど正直すぎることもある」人さし指は頬からさらに下へ行き、顎の先を回っていく。まるで、この顔の輪郭を指の先に覚え込ませようとしているかのようだ。

「ありがとう」スザンナは彼の視線がほんの少しでも別の場所へ移ってくれればいいのにと思いながら、そっけない声を出した。しかし、頬がしだいに熱くなっていくのだけは、どうにも止められない。

「君はまた、非常に誠実な心の持ち主でもある。弟のこととなると、すぐむきになって僕に突っかかってくるのがいい証拠だ」ニールの指先が唇の上で止まりそうな気配を察し、スザンナは軽く首を振って彼の手を払いのけた。

「私、あなたに性格分析をお願いした覚えはないわよ。時間がもったいないから、もう行かなくちゃ」

「スザンナ」という低いつぶやきがニールの口から出たとたん、彼女は口の中がからからになるのを感じた。取り返しのつかない過ちに足を踏み入れたくなければ、今すぐ車のドアを開けて外に飛び出すべきだと頭ではわかっているのだが、全身に震えが起こって体の自由がきかない。

「私、行かなくちゃ」むしろ自分自身に対する命令として、スザンナは低い声で繰り返した。

「いや、だめだ！」ニールのしわがれた声を聞いた次の瞬間、スザンナは髪をわしづかみにされて思わずのけぞった。驚く暇もなく、唇が凶暴なまでに激しいキスに包まれる。体の奥深いところについた熱い欲望の火が溶岩の激流のように全身をなめ尽くしていくにつれ、彼女の両腕は徐々に動いて、ついにニールの太い首筋に巻きついた。必死に生き延びようとしていた自制心も、火にあおられてめらめらと燃え尽き、彼女は自ら唇を開いてキスを完全に受け入れた。ニールの口から低いうなり声がもれたと同時に、キスはさらに情熱の度を増し、彼の両手はせわしなく動いてスザンナのセーターの中に潜り込んだ。

スリップの肩ひもが外され、ニールの指先がブラの中に達したとき、スザンナは痛いほどの歓喜に押されて小さな悲鳴をあげた。巧みな指先の動きに体を震わせながら、彼女の指もまた、せわしなく動き続けていた。ニールのオープンシャツのボタンを外し、たくましい胸板をさする。一瞬、ニールは顔をわずかに持ち上げて、しゃくり上げるような大きな息を吸い込み、再びスザンナの上にのしかかって白い喉をむさぼり始めた。

荒れ狂う官能の渦の中で、スザンナはなんとかして理性を呼び戻そうとした。このまま感情に身をゆだねていたら、遠からぬうちに、いやあと一歩でニールへの愛におぼれてしまいそうだ。その愛に、心も体も、自分の全人生さえもささげてしまうかもしれない。まさにそうやって、母は父を愛し、息子を愛して一生を終えたが、そういう生き方はしたくない。愛だけにすがって生きる女としてではなく、独立した一個の人間として、人生を自分の足で歩きたいのだ。誰かを愛するにしても、海の浅瀬で遊ぶような、もっと気楽な愛の形があっていいはずだ。浅瀬にいる限り、神秘と冒険に満ちた深海の底をのぞく喜びは得られない代わり、少なくとも、おぼれて波にのまれる危険はない。

世の中には同じような浅瀬の愛を望んでいる男性も少なからずいることをスザンナは確信していたが、同時に、ニールがそういう男性の一人ではないということも、初対面のときから本能的にわかっていた。たぶんニールは身も心もささげ尽くすような愛を要求するに違いない。そして、スザンナが何よりも彼を恐れるのは、求められたすべてを自分が進んで与えるだろうと知っているからだ。

もうろうとしかかった意識の中で、スザンナは突然、ニールの手がプリーツスカートをたくし上げてはい上がってきていることに気づいた。彼女は閉じていた目を無理に見開き、ニールの手を払いのけた。ようやく出てきた声はかすれて弱々しかった。「だめ……いやよ」

ニールのまぶたが開き、熱にうるんだ灰色の目がスザンナを見つめた。日に焼けた顔は紅潮し、オープンシャツの中の胸は荒々しい呼吸とともに大きく上下している。

「真っ昼間、しかも、車の中よ」スザンナは必死に苦々しい声を作ってつぶやいた。

二秒ほどの間、ニールは呆然《ぼうぜん》としたように彼女を見つめた。やがて、灰色の目にあった異様な光が徐々に消え、頬の紅潮も静かに去っていった。「すまない。つい我を忘れてしまったようだ」ややしわがれた声で彼は言った。

「あなたばかりも責められないわ」スザンナは苦い自戒をこめて答え、震えがちな手でスカートをもとに戻して車のドアを開けた。ここから家まで、転ばずに歩いていけるだろうか。腰はシートに下ろしたまま、とりあえず足だけを横の地面に着けたとき、ニールが体を乗り出して言った。

「今夜、夕食に付き合ってもらえるかい？　いろいろと話したいことがある」

「話なら、たった今済ませてきたばかりだわ。それに、今夜は夕食を食べる暇も惜しんで働かなくちゃいけないでしょうね」スザンナは暗く沈んだ視線をニールに投げ返した。「アードリーさん、この際はっきり言わせてもらいますが、これっきり、あなたとはお会いしたくありませんの。最初から一度も会わなかったと思って、どうか私のことはきれいさっぱりお忘れください」

「君のほうは僕を忘れられるのかい？」

「あら、簡単だわ」スザンナは平然と嘘《うそ》をついた。「これまでだって、一人であなたを思い出したことなど一度もないんですもの」

ニールが軽く眉を上げ、ポケットからしわだらけの紙を取り出した。それを無関心に見下ろしたスザンナは不意に体を硬直させた。今朝、いたずら書きをしてくずかごに捨てたはずの、あの古い封筒だった。顔が熱くほてるのがわかった。

ニールは得意そうな薄笑いを浮かべていた。「少なくとも一度は、非常に克明に僕の顔を思い出していたという証拠だ」彼は自分の似顔絵を指で軽くつつきながら言い、その指先を今度は隣の蜘蛛《くも》の絵に移した。「この蜘蛛が僕なのかい？　それとも、僕は蜘蛛の巣につかまりかけている蠅《はえ》？」

ぎょっとして封筒の絵を見つめ直して初めて、スザンナは自分の描いた二つの絵の間に、そういう関連性をこじつける見方もあることに気づいた。もちろん、描いたときには思いもよらなかったことだ。彼女はニールを憤然とにらみつけたものの、言い返すべき言葉を見つけることはできなかった。

「うん、実におもしろい絵だ」ニールは楽しそうに言って、さらにスザンナの心を波立たせた。「一見、冷静沈着の見本のような君が心の中で何を考えているか、この絵によく出ているよ」

スザンナの顔はますます赤くなった。「人の家をさがし回ったうえに、見つけたものを無断で持ち出すなんて許せないわ。返してちょうだい！」彼女は封筒を引ったくろうと手を伸ばしたが、ニールはそれを悠々とかわして封筒をポケットにおさめてしまった。

「これはもらっておくよ。君は、こんなもの要らないから捨てたんだろう？」

スザンナは唇をかみながらニールに背中を向け、そのまま無言で車を降りて歩き始めた。たかが古い封筒一枚で取っ組み合いをするのも愚かすぎるが、あれをニールに見られるぐらいなら、火をつけて燃やしてしまうべきだった。しかも、ニールは頭の回転がよすぎる。描いた当人さえ気づかなかったことを絵から見抜いて指摘するとは！

怒りのおかげで、スザンナはよろめきもせずに玄関前にたどり着き、鍵《かぎ》を取り出した。ドアを開けると、玄関マットの上に白い封筒が落ちていたので、それを拾って台所に入る。電報を入れた封筒だとわかったのはそのあとだった。

スザンナは急いで封を切り、電報の文面を読んで血の気を失った。椅子に座って、もう一度電文を読み直す。淡い期待も空しく、内容は最初に読んだときと一語も変わっていなかった。

「どうした？　電報じゃないか。どこからだ？」

真後ろで心配そうなニールの声がした。あのまま帰ればいいのに、おせっかいにも追いかけてきたらしい。だが、スザンナは怒る気力さえなくしていた。

「弟が……アレックスが入院したの。チフスかもしれないんですって」電報を握り締めたまま言った。

ニールは体を折り曲げ、スザンナの手から電報を静かに手もとに引き寄せて読むと、彼女の両手をしっかりと握り締めた。

「少なくとも、君がここにいることを病院の連中に言うぐらいの元気はあった、ということだよ」

スザンナは唇をかんで立ち上がり、夢遊病者のような目で遠くを見つめた。「ぐずぐずしてはいられないわ。ロンドンに戻らなくちゃ。パスポートと着替えと……でも、空港に着くころには今日の最終便が出てしまっているかもしれないわ。明日の第一便が飛ぶまで、じっと待っている間に……。ねえ、チフスって、怖い病気なんでしょう？」彼女はおろおろとニールに顔を向けた。「かかったら最後、命は助からないの？」

「軽い病気とはいえないし、昔は命取りにもなったが、抗生物質の発達した今はそれほど深刻に考える必要はないよ。若くて健康な体なら、きっと病気に打ち勝てる」ニールは片手を持ち上げて腕時計を見た。「フォードの小型では出せるスピードもたかが知れている。僕の車でロンドンまで送っていくから、急いで荷物をまとめたまえ」

スザンナはうつろな目で左右を見回した。「まとめる荷物なんかないわ。本当に必要なものはロンドンのアパートに置いてきたパスポートだけなの」

「行こう」と言って、ニールは彼女の腕を取った。「運がよければ、一時間半でロンドンに着ける」

庭の小道から木戸の外に出たときになって、スザンナは眉を寄せてニールを見上げた。いくら緊急の場合とはいえ、この男の言うがままに動いていいものだろうか。「私、一人で帰れるわ。あなたのご親切はうれしいけれど、でも……」

「君が運転すれば事故を起こすのが落ちだ」ニールは淡々と言ってスザンナの背中を押した。抗議しなければ、とスザンナは思ったが、今この瞬間にもアレックスの命の火が消えかかっているのではないかと思うと、こんなところで押し問答を始める気にはなれなかった。彼女が助手席に座ると同時にニールも運転席に飛び乗り、エンジンをかけた。

「あの子は丈夫じゃないのよ」車が走りだしたとき、スザンナは唐突に口を開いた。急に涙がこみ上げてくる。「父の体質を受け継いでいるから、早く行ってやらないと……死んでしまうわ、あの子」

声の震えがニールの耳に留まったらしく、彼はちょっとしたように横目で見つめたあとで片手を彼女の膝の上に伸ばし、震える両手を優しく握った。

「大丈夫。今日のうちに面会できるよ。僕の会社の自家用ジェットを使えばいいんだ。君が荷物をまとめている間に、僕の社のパイロットに連絡を取って、至急フライトの手配をさせよう」

　スザンナの目にたまった大粒の涙がまつげからこぼれ落ちて頬をぬらし始めた。「ありがとう」とつぶやくのがやっとだった。

「泣くなんて君らしくもないぞ」スザンナの手を力強く握り直しながら、ニールはしかりつけるように言った。「弟を励ましに行く君が、そんなに気の弱いことでどうするんだ、しっかりしろよ」

　一度だけ大きくしゃくり上げてからスザンナはハンドバッグを開け、ハンカチを取り出した。「そのとおりだわ。ごめんなさい」とつぶやいて涙をふき、今度はコンパクトを開けてパフをはたく。しかし、まぶたの腫《は》れや鼻の先の赤みは粉おしろい程度ではごまかせなかった。口紅を塗り直しながら、彼女はため息を押し殺した。

　前を行く車に追い越しをかけていたニールがまたちらりと助手席に視線を投げた。「よろしい。やっと、いつもの君の顔に戻ったよ」

　スザンナは恐ろしいしかめつらを運転席に向けた。

「いつもの私は、もっとましな顔をしているわよ」

　ニールは笑い、「よおし、それでこそ、僕のスザンナだ」と陽気に言った。

「なぜ、あなたの、なんです？」

「その件は落ち着いてからゆっくり話し合おう」ニールは淡々と言った。「いい子だから、議論を吹きかけるのはしばらく我慢していておくれ。僕はスピードを上げたいんだ」

「いい子なんて言うのもやめてほしいわ」スザンナは憤然と言った。「私は一人前の大人よ！」

「なるほど。僕にけんかを売っている限り、多少は楽な気分でいられるというわけだな」ニールは肩をすくめ、悟りきったような表情で言い添えた。「いいだろう、どんどんしゃべりたまえ、ダーリン。僕は黙っておとなしく聞きながら運転させてもらうよ」

もう一度ニールをにらみつけたあとで、スザンナは急に顔を背けて前方の道路に目をすえた。沿道の木々は美しい秋の衣装をまといつつあるが、今日ばかりは目を留めるのも煩わしい。いったいなんの権利があって、ニールは〝ダーリン〟などとなれなれしく呼ぶのだろう。考えれば考えるほど腹が立つ。

しかし、彼の言うとおり、怒りが胸を焼いている間だけは、アレックスのもだえ苦しむ姿が頭に浮かんでこないことも事実だ。眉を寄せて運転に専念しているニールの横で、スザンナは自分の怒りを爆発寸前にまであおり立てながら、じっと唇をかみ締めていた。

9

その夜十一時前になって、スザンナはほんの数分間ながら、とにもかくにも弟と面会することができた。もっともアレックスのほうは姉が来たことも知らず、意味不明のうわ言をつぶやきながら昏睡《こんすい》状態に陥っていた。顔は赤く、両手は苦しそうにベッドのシーツをつかんだり放したりしている。

「解熱剤は与えられていますのね？」と傍らの看護師にたずねるスザンナは、心労でやつれていた。

「もちろんです。まず、この高熱を鎮めないと心臓に負担がかかりますから」看護師はわずかにスペインなまりのある流ちょうな英語で説明した。「でも、ご心配には及びませんよ。一週間もすれば、弟さんはずいぶんと元気におなりでしょう。ごく初期の段階で病気を特定できたのが不幸中の幸いだったと先生がたもおっしゃっています」

「弟は、どこで病気に感染しましたの？　ホテルですか？　チフスが大流行している土地に観光客を入れるなんていうことがあっていいんですか？」

看護師は眉を寄せて口に人さし指を当てた。「どうぞ、お静かに。あとでご説明しますので、病室の外に出てお待ちいただけますか？……いけません！キスはなさらないでください」

スザンナは後ろ髪を引かれる思いで廊下に出た。膝が震えて歩きにくい。心配無用とは言われても、赤くむくんだ顔や干からびて割れた唇を見てしまっては、どうして心配せずにいられるだろう。

女子修道院が運営する病院なので、廊下や階段を行き交う看護師は白い僧服をまとって音もなく滑るように歩いている。スザンナは廊下の角に置かれた聖母マリアの石像を一心不乱に見つめた。周囲が静かなせいか、心細さがいっそう身に迫る。

「この町にチフスの流行はございません」アレックスの病室から出てきた看護師が、スザンナを待合室の方にいざないながら言った。「ですが、二週間ほど前に山間部の小さな村で大発生があり、不運にも弟さんは隔離態勢が敷かれる前に、その村へおいでになったようですね。生水をお飲みになったか、もしくは潜伏期間の保菌者が調理したお食事をおとりになったか、どちらかでしょう」

「弟の命が助かるかどうか、いつごろはっきりするんでしょうか？」スザンナはかすれた小声でたずねた。周囲は静まり返り、二人の足音だけが廊下や天井にこだまして跳ね返ってくる。

待合室のロビーに入ったところで看護師は足を止め、頭を僧服のベールに包んだ小さな顔に温かい笑みをたたえて言った。「抗生物質の効果がいつ表れるかについては、遅くとも数日以内ということしか申し上げられませんが、弟さんのお命を心配なさる必要は少しもありませんよ、ミス・ハワード。先に発病した患者の一部は既に退院し始めておりますし、特に弟さんの場合は病気の発見が早かったものですから、熱さえ下がれば急速に回復なさいますわ」

「私、明日も面会させていただけますでしょうか？」

「もちろんですとも。面会時間は午後の三時を予定しております。今夜のお宿はもうお取りになりましたか？　まだでしたら、私どもでどこか……」

「アルハンブラというホテルに予約を取りました」とスザンナが言うと、看護師はほほ笑みながらうなずいた。

「この近辺では最高のホテルですわ。弟さんのことがご心配なのはわかりますが、お見受けしたところずいぶんお疲れのご様子ですし、今夜は眠るのがお仕事だとお思いになることですね。よろしければ睡眠薬をお渡ししておきましょうか？」

「せっかくですが、睡眠薬はのみ慣れておりません。なんとか自力で眠るよう心がけてみますわ」疲れた体にむち打って、スザンナも笑顔を返した。

「ホテルまでのタクシーをお呼びになるのでしたら、公衆電話は……」

「いえ、外に車を待たせておりますの。では、これで失礼させていただきますが、いろいろとご親切にお気づかいいただいてありがとうございました」

「あなたに神のご加護がありますように」僧服の看護師は静かに言って遠来の面会者を送り出した。

　スザンナが病院の正面玄関に立って駐車場の方角をのぞいていると、一台の大型車がゆっくりと駐車場を出て彼女の前で止まった。運転手が降りてきて車の前を回り、後部座席のドアを開けてくれる。彼が再び運転席に落ち着いたあとでスザンナは行き先を告げたが、相手が英語に不慣れだということがすぐにわかったので、言葉の最後にホテルの名をゆっくりと二度繰り返した。運転手は大きくうなずき、やにわに猛スピードで車を発進させた。

この車の手配をしてくれたのも、やはりニール・アードリーだ。スザンナは彼のおかげで物事が驚くほどスムーズに運んだことに深く感謝する半面、大きな負い目を作ってしまったという不安とあせりも感じずにはいられなかった。ロンドンのアパートに帰り着くとすぐ、スザンナは寝室に飛び込んで支度を始めたが、ニールも居間の電話機にかじりついて矢継ぎ早に何本かの電話をかけた。まず、自分の会社のパイロットのゆくえを突き止めてフライトの用意を命じ、次にアレックスの入院先に最も近くて最も設備の整ったホテルをさがして予約を取り、最後はスザンナの降り立つ地方空港近くのタクシー会社に電話を入れてハイヤーを一台、彼女のために待機させた。スザンナ自身は一分一秒でも早く弟のもとに駆けつけてやりたいということ以外に何も考えずに荷物をまとめていたので、アパートから空港に急ぐ車の中でニールから初めて手配の模様を聞かされたときは、とっさに口もきけないほど驚いてしまった。

「僕もいっしょに行ってやりたいんだが、あいにくどうしても外せない会議を明朝に控えているんだよ」ニールはスザンナのぎごちない感謝の言葉を無造作にさえぎって言った。彼女はますます動転して茶色の目を大きく見開いた。

「あなたに行ってもらうなんて、そんな……。ご親切はうれしいけれど、もうこれ以上のご迷惑はかけられないわ。本当にありがとう。あとは私一人で大丈夫よ」事情さえ許せばニールはついてきてくれるつもりだったのかと思うと、不安とも恐怖とも違う何か恐ろしい感覚が胃袋を締めつけた。

「向こうで何か困った事が生じたら、会社に電話をかけてくれ。僕が不在でも、秘書がうまく取りはからってくれるはずだ」と言って、ニールは彼の会社の社長室直通電話を記した名刺を手渡した。「これをなくすんじゃないぞ。それから、どんな小さなことでも遠慮や気がねは断じて無用だ」

「でも、もう私一人で充分に……」

「遠慮せずに電話をかけると約束したまえ」ニールは強引な口調で言った。スザンナもそれ以上の議論を避けるためにおとなしくうなずいたが、内心ではたとえどんな困り事に出会おうともニールにだけは頼るまいと固く決心していた。社の自家用ジェット機のタラップの下でスザンナは改めてニールに感謝の気持を伝え、乗り込もうとした。するとニールは不意に彼女の両手を握り締め、腰をかがめて短いながらも熱烈なキスを唇に与えた。スザンナは真っ赤になった顔を隠しながら、逃げるようにタラップを上った。

しかし、そこから先はニールや彼の好意の裏にあるもののことを考えて頭を煩わすほどのゆとりもなくなってしまった。もだえ苦しむ弟の姿ばかりが目先にちらつき、高速で飛ぶジェット機がじれったいほど遅く感じられた。アレックスは死んでしまうかもしれない。いや、息せき切って病室に駆け込んだときは既に息を引き取ってしまっているのではないだろうか。

アレックスが高熱にうなされながらも病室で手厚い看護を受けているところを実際に見て、気持はかなり楽になった。病気は確かに重そうだが、最悪の予感が的中しなかっただけでもましだ。スザンナは大型ハイヤーのシートにもたれ、窓の外の町並みにぼんやりと目を走らした。小さいながらもリゾート地として知られた町だけに、レストランや喫茶店にはまだ観光客がたむろし、腕を組んで歩道をそぞろ歩くカップルの姿もあちこちに見られる。車が海岸に向けて大きくカーブを切ると、月光に照らされた夜の海が右手に現れた。左手には近代的なホテルが立ち並び、やがて真夜中の十二時になるというのに通りには真昼のようなにぎわいがあふれている。

アルハンブラホテルはガラスと真っ白なコンクリートでできた超高層ビルだった。スザンナは英語をほとんどしゃべれない運転手と数分にわたってやり取りをした末に、精力を使い果たしたような思いで車を降りた。フロント係は少し陰気な感じの四十代の男だったが、英語のほうはまずまず通じた。ほっとしながら宿泊カードに記載を終え、若いポーターに案内されて部屋へと向かう。ポーターの英語はさっきの運転手とフロント係の中間ぐらいといったところだろうか。

「お客さん、イギリス人、ね？　来たばかり、ね？　いつまで？　ここの海、太陽、もう最高！」彼はスザンナのスーツケースをベッドの足もとの荷物台に置き、笑顔でチップを受け取って部屋を出ていった。

一人になったスザンナは、崩れるようにベッドに横になりながら周囲を見渡した。現代風のスマートな調度が配置された広々とした部屋だ。部屋の雰囲気は彼女の好みに合ったが、宿泊料が好みの金額を大幅に上回るであろうこともまた明らかだった。快適さを最優先して宿を選んでくれたニールの好意には感謝するにしても、滞在が長びくようなら、もっと料金の安い保養所のようなところへ移らなければならない。

長旅と極度の緊張からくる疲れが今ごろになって出てきたらしく、こめかみの辺りに鈍い頭痛が始まっていた。スザンナは重い体を起こしてベッドを下り、スーツケースから着替えを取り出して浴室に行った。そして三十分後には、湯上がりの体をベッドに横たえて早くも眠りの世界の入口をくぐろうとしていた。幸か不幸か、考え事をするような気力は全く残っていなかった。

ほっとしたのもつかの間、鳴りだした電話のベルがスザンナを安らかな眠りから引きずり出した。ベッド横のテーブルを手探りして受話器をつかむ。病院からだろうか。アレックスの容態が急変したのでは？

「もしもし」落ち着かなくてはと思っても、声は大きく震えてしまった。

「スザンナ？　元気かい？」ニールの声だ。重いまぶたがようやく開ききったとたん、まぶしい日光が目に飛び込んできた。さっき寝ついたばかりと思っていたのに、いつの間に夜が明けていたのだろう。

「今、何時？」とたずねながら、愚かにも腕時計を見る。どうやら、まだ寝ぼけているらしい。

「朝の九時だが、眠そうな声だな。よく眠れたのかい？　さっき病院に電話を入れてみたら、アレックスは順調に回復しているということだった。昨日君が面会に行ったときは昏睡状態だったそうだね」

「ええ、高熱にうなされて、ひどく苦しそうだったわ」スザンナは目を強くこすって眠けを追い払った。「でも、命の心配はしなくていいんですって」

「よかったな。シーアンもひどく心配して、スペインに行きたいと言って騒いでいるよ」

スザンナは受話器を耳から離して顔の前に持っていき、しげしげと見つめた。それがなんの役にも立たないことに気づいて、急いで受話器を持ち直す。

「もしもし？　まさか、シーアンをこっちに来させるつもりじゃないわよね？　彼女が来たりしたら、弟は病気が治るどころか……」

「わかってるよ。僕がしっかりつかまえておく。ただ、アレックスが少しよくなったら、君からたずねてみてくれないか——妹に会ってくれるかどうか」

スザンナは頭に血がのぼるのを感じた。「妙な言い方をしないでよ！　そもそも……」

「今日は朝から機嫌が悪そうだな」ニールが穏やかな声を割り込ませた。「こっちを発《た》ってから、まだ飲まず食わずじゃないのか？　体に悪いから、朝食はしっかりとること。ホテルは気に入ったかい？」

「ええ。何もかもお世話していただいて、本当にありがとう。でも、今日からは私一人で……」

「すまない、会議の時間なんだ」ニールは早口で言った。「何かあったら電話をくれる約束を忘れないように。それと、昨日の車と運転手は期限を定めずに借りきってあるから、いつでも使ってくれ」

「そのことも言おうと思っていたの」電話が切られそうな気配を察し、スザンナは急いで言った。「請求書はあなたに回すことになってるからって言って、運転手さんはお金を受け取ってくれないのよ。私……」

「体に気をつけるんだぞ、スザンナ」という得意げな声に続いて、高らかなキスの音が受話器から飛び出し、電話はそのまま切れてしまった。

「ニール！」と、無益な声を放ったあとで、スザンナは受話器を台にたたきつけた。昨日の半日だけで、どのくらいの金額の負債を作ってしまったのかは見当もつかないが、ロンドンに戻ったら、たとえ借金をしてでもニールに返してしまわなければ気持がおさまらない。彼の配慮が善意からのものであることを疑うべきではないだろうし、心から感謝もしている。ただ、その善意がどこから来ているのかがわからない以上、親切にされていることがたまらなく腹立たしいのも、また事実だ。

その日の午後、指定の時間に病室へ行ってみるとアレックスはベッドの中から照れたような微笑を投げてきた。顔色こそ悪いが、高熱に苦しんでいた昨夜のようではない。うれし涙がこみ上げてきた。

「やあ、スージー、昨日のうちに駆けつけてくれたんだって?」アレックスは申し訳なさそうに顔をしかめた。「ひどく苦しかったという以外、昨日のことはまるっきり覚えていないんだよ」

「無理ないわ」スザンナはベッド横の椅子に腰を下ろし、弟の顔をしげしげと観察してから改めて安堵《あんど》に吐息をついた。「今日はだいぶ元気そうね」

「うん、今朝から熱も下がったんだ。ようやく薬の効果が表れ始めたんだってさ」

「発病したのはいつなの?」

「おととい。朝からの腹痛がだんだんひどくなってくるような気がして、ホテルの近所の医者を呼んでもらったんだ。裸になれと言われたときは、とんでもない医者が来てしまったと思って慌てたよ。気がふれてるんだと思った。ところが、医者は僕のシャツを無理やりはぎ取って体を調べた末に、二つ三つ赤い発疹《ほっしん》のあるのが気になるから、すぐ入院の手配をすると言いだしたんだ。チフスの疑いがあると言われて、ここだけの話だけど、僕はすくみ上がってしまったよ。死の宣告を受けたような気分だった」アレックスは首をすくめて苦笑した。「退院したら、あの医者に礼を言いに行くよ。ここの専門医の話だと、なまじの医者では見つけられないほど小さな発疹だったそうだ。発見が早かったから、治りも早いだろうって言われたよ」

「どこか、山奥の村に行ったことがあるの? 二週間ほど前に、チフスの大発生があったそうよ」

「そうか、あの村で……」アレックスは悔しそうに顔をしかめた。「ひどく暑い日だったから、僕は村にいた半日ぐらい、ずっとアイスクリームばかり食べていた。きっと、あれが感染源に違いないよ」

「そのようね」

アレックスは大きなうなり声をあげた。「僕は一生涯、二度とアイスクリームなんか……それはそうと、よく昨日のうちに着けたね」彼は唐突に話題を変えて不思議そうに姉を見上げた。「昨日の何時ごろだったか。姉さんに電報を打ってくれと頼んだような記憶はあるけど、まさか、こんなに早く来てくれるとは……。そうか、僕が死にかけてると思ったんだな？」彼はにんまりしながら冷やかした。昨日の恐怖を笑い話にできるようになったことを心から喜びながらも、スザンナはわざと怖い顔を作った。

「ひどい人ねえ。さんざん心配させておいて！」

「ごめんよ、スージー」弟は真顔になって謝った。

「仕事だって忙しいんだろう？」

「いいえ、そっちは平気よ。せっかく来たんだから、面会時間以外は観光気分を楽しむつもりなの」

アレックスはほっとしたように顔をほころばした。

「どこに泊まってるの？」ホテルの名前を聞いて、彼は目を丸くした。「もっと安い宿は見つからなかったのかい？」

「そうね、暇を見て適当な宿をさがしてみるわ」弟の病状から考えてニールやシーアンの名前を聞かせるのは早すぎると思い、スザンナは巧みに言い抜けた。

数分後、昨日の看護師が入ってきて面会時間の終了を告げ、病室を追い出されたスザンナはタクシーを拾って海岸に行ってみた。さすがに海水浴の季節は過ぎてしまったようだが、砂浜は水遊びを楽しむ子どもたちや甲羅干しをする男女で真夏なみのにぎわいだ。彼らの仲間入りをするには水着が要る。ホテルにも売店があったが、どうせ法外な値段がついているだろうし……。あてどなく周囲を見渡していたスザンナは不意に足を止めた。海岸の上の小さな広場にカラフルな小屋やテントが立ち並び、その前に野菜や果物が山と積まれて並んでいる。野外市場！　あそこに行けば手ごろな値段の水着もきっと見つかる。

それから三十分ばかり、スザンナは水着を売っている店をさがしがてら、庶民的な市場の雰囲気にひたってそぞろ歩きを楽しんだ。周囲にはにぎやかな売り声が飛び交い、オレンジやレモンの香りが立ち込めている。近海でとれたばかりの魚、手作りのクッキー、革のブーツにゴムのビーチサンダルなどなど、ありとあらゆるものが通りをふさぐようにして並べられていた。

その市場で、スザンナはファッション性には乏しいものの非常に手ごろな価格の水着を見つけ、いたく満足しながら歩いてホテルに向かった。明日こそは朝のうちにホテルを引き払って別の宿をさがすにしても、せめて一晩ぐらいはホテルご自慢の食堂で優雅な夕食をとりたい。アレックスの顔を見て一安心したせいか、急にひどく空腹なのに気づいたが、考えてみれば当然だ。昼食は抜かしてしまったし、朝食も弟のことが気がかりで、ほとんど喉を通らなかった。朝食はルームサービスを頼んだので、食堂にはまだ一度も足を踏み入れていないのだ。

こうして気分が落ち着いてみると、アレックスの入院を知ったときの自分の取り乱しようが、いささか恥ずかしく思えてくる。多少のことには動じない沈着冷静な人間だという自信と誇りを持っていたつもりなのに、結局はアレックスが風邪をひいたときの母さながらにヒステリックな騒ぎを引き起こしてしまったようだ。感じやすい成長期に見覚えた本能的行動というものは、当人が忘れたつもりでも、いざというときになると顔を出したがるものらしい。ある意味で、愛と不安は抜き差しならない関係で結びついているということだろうか。なんとなく自信を喪失したような重い気分になってしまった。

ホテルに帰り着いたスザンナは部屋で新しい水着に着替え、部屋に備えつけの短いガウンを肩にかけて前庭の専用プールに下りた。信じられないほど青く透明な水の中で、既に大勢の泊まり客が水泳を楽しんでいる。プールサイドに並べられたテーブルと椅子も、冷たい飲み物を手にした人々で埋まっていた。一時間ほど泳いで太陽がやや西に傾いたころ、スザンナは部屋に戻ってシャワーを浴びた。まだ夕食に下りていくには早すぎる時刻だ。売店で買ったペーパーバックの小説でも読みながら時間をつぶそうと思い、彼女は本を手にしてベッドに寝そべった。しかし、数ページも読まないうちにまぶたは重くなり、本が手から滑り落ちたのにも気づかずに眠りに引き込まれていった。

ノックの音で目を覚ましたスザンナは、まだ半分寝ぼけたままベッドを飛び下りてドアを開けに行った。メイドだとばかり思っていた相手の顔を見たとたん、彼女の頭の中は一瞬のうちに空白になった。

「どうした、顔色が悪いぞ」スザンナを見つめていた灰色の目から急に笑みが消え、忘れもしないあの声が心配そうに呼びかけたが、彼女は声が出せなかった。大きな耳鳴りがとどろき、体がぐらりと傾く。

ニールはすばやく彼女を抱き止めて両腕に抱え上げ、ドアを足でばたんと閉めて部屋の中に入った。そして、がっくりと頭を垂れたスザンナを慎重にベッドの上に下ろすと、横の椅子に座って、冷たくなった彼女の両手を力強くさすり始めた。

耳鳴りがしだいに弱くなり、体にも温かみが戻ってくるのを感じて、スザンナはどうにか笑顔らしきものを作ることができた。「ごめんなさい。眠っていたところを飛び起きたものだから、立ちくらみを起こしてしまったらしいわ。もう大丈夫よ」

「ちゃんと食事はとってるのか？」ニールは眉を寄せながら彼女の手首を取って脈を調べた。目は無造作に彼女の全身を眺め回している。突然、紙のように白かったスザンナの顔に血の気が戻り、全身が見る見る紅色に染まっていった。シャワーのあと、白いタオル地のガウンだけを引っかけてベッドに来たことを今ごろになって思い出したのだ。しかも、いつの間にかガウンのひもが緩み、胸が大きくはだけてしまっている。急いで前を合わせていると、ニールは冷やかすように眉を動かした。

「君の心臓は実に気まぐれな動きをする。さっきまでは今にも止まりそうに弱々しく打っていたのに、今度は猛烈な駆け足を始めたぞ」

「あなたが人を驚かせるからだわ。いつスペインに来たの？　何をしに？」スザンナは早口で問いつめた。

「昼食はとったのか？」ニールは悠然とたずねる。

「いいえ、食べたくなかったのよ。そんなことより、今日は重要な会議があるんじゃなかったの？」

「終わったよ。無理やり昼前で終わらせたんだ。朝食はまともに食べたのか？　何を食べた？」

スザンナは不機嫌に唇を結んだ。「先に、私の質問に答えてちょうだい――ここに来た理由よ」


「アレックスの容態は？」ニールは静かにたずねた。

「おかげさまで順調よ。薬がきき始めたらしくて……」

ニールの片手が伸びてきたのを見て、スザンナは息をのんだ。頬に張りついていた髪の毛を取り除いてくれたあとも、その手は離れていこうとしない。

彼女は顔を背け、開け放した窓の外に目を転じた。濃い夕闇《ゆうやみ》が静かな海面を包もうとしている。

「く、暗くなってきたわ。明かりをつけてもらえる？」ニールは動こうとせず、彼女の細い喉頸《のどくび》を指先で静かにさすり始めた。「何をしに来たのかたずねているのよ！」スザンナは大きく身震いしながら弱々しく叫んだ。「アレックスの身が心配だから、なんて言わないでね。アレックスのことなんか、あなたはなんの関心も持っていないはずだわ」

「持っているよ、君に関係する人やもののすべてに」ニールはベッドの枕もとに手をつき、スザンナの顔の上に大きく身を乗り出した。「お互い、無理な虚勢を張るのはやめようじゃないか。僕が君を愛しているということは、もう気づいているんだろう?」

スザンナは返事をしなかった。たとえ返すべき言葉が何か見つかったとしても、口の中がからからになって声が出せなかった。

「知らなかったとは言わせないぞ」落ち着いた低い声でニールは言葉を続けた。「僕が何をしに来たかも、君は知っているはずだ」

「私、あなたと情事にふけりたいとは思わないの」おろおろと目を伏せながら、スザンナは震える唇でつぶやいた。

「なるほど。結婚を前提としなければ、指一本触れさせない?」ニールの声は笑いを含んでいた。「君がそれほどまでに古い女だったとは意外だよ」

「古くても新しくても、結婚を前提としてもしなくても、いっさい関係ないわ。私、あなたと結婚する気なんか、これっぽっちもないんだから!」ニールの体がこわばるのがわかったが、スザンナは頑固に目を伏せとおした。「私、今のところは愛人も夫も必要としていないの。今のままで充分に幸せなの。あなたとはかかわりを持ちたくないのよ」

「手後れだよ、スザンナ。君は、もう僕にかかわりを持ってしまっている」あまりに優しい声の調子に、スザンナは気を緩めてニールの顔を見上げてしまった。みじんも笑いの影のない灰色の目が、まっすぐに彼女を見下ろしていた。「そうだろう?」

スザンナは押し黙って首を左右に振った。

「僕に愛を感じていないというのか?」

「しつこい人ねえ」彼女は再び目を伏せ、内心の不安と動揺を隠して怒りに似せた声を作った。「私、法廷で反対尋問を受けている証人じゃないのよ」

「愛していないならいないと、僕の目を見て言いたまえ。言えないだろう?」ニールは高圧的にたずねた。「君の口は嘘《うそ》がつけない。目も嘘をつけない。そうやって、腹の立つほど正直すぎるところに引かれて、僕は君を愛してしまったんだからな」

スザンナは大きく息を吸い込んで長いため息をついた。「聞いてちょうだい、ニール。私は家庭向きの女じゃないのよ。自分の時間を大切にしたいし、家事よりも仕事を大切にしたいの。夫のために料理をして洗濯をすることを生きがいにできる女たちも大勢いるでしょうけれど、私には無理だわ。私は人のためでなく自分自身のために生きたいのよ」

「僕は我が家の家政婦の仕事を奪ってくれと頼んではいないよ。君に今の仕事をやめてほしいなんてことも、ゆめゆめ考えてはいない。いったい君は結婚をなんだと考えているんだ? 男女の愛をなんだと考えているんだ? そもそも君は一人でも男を知ってるのか?」スザンナが顔を背けるのを見て、ニールは低い口笛を鳴らした。「そうか、まだ君は……。いやはや、恐れ入ったよ。男について知らないことはないような口をきいていたのは、どこの誰だ?」

「デートの相手に不自由したことはないわ」スザンナは不機嫌に弁解した。「私は男女の純粋な愛なんていうものを信じていないだけよ。そんなおとぎばなしみたいなもの、誰が信じるものですか」彼女は勇気を奮ってニールを見上げ、またすぐに目を伏せた。灰色の目に躍る楽しげな光が気に入らない。何が楽しいのかはわからないし、知りたくもない。

「君は文法を間違えている」と、ニールはからかった。「君がしゃべったのは、すべて過去における君の気持だ。現在の気持ではないはずだよ」

「いいえ、過去も現在も、私の気持は同じだわ!」

「いったん固定してしまった観念を改めるのは、なまやさしいことじゃないからなあ」ニールはのんびりとつぶやいた。「僕自身、女性について一つの固定観念を持っていた。地上には僕の母親のような女性しか生息していないと思っていたし、現実に僕が出会ったのも、そういう女性ばかり……いや、中には君のような女性も何人かはいたんだろうが、僕の注意を引くまでには至らなかった。ところが、口の悪い誰かさんに無理やり固定観念を壊されてみると、世の中には実にさまざまなタイプの女性のいることがわかった。シーアンが母親とは違うタイプに属するということも、ようやく最近わかってきたよ」

「よかったわ」スザンナは自分自身の問題をしばし忘れて心から言った。

「アレックスにもすまないことをしたと思っている。僕は自分の過ちを悔いてはいるが、過ちを悔い改めることで、我々人類は進歩してきたんだろう？　人類の先祖の原人たちが固定観念を何一つ改める勇気を持たなかったとしたら、我々は今もまだ洞穴に住んで毛皮を着て石器を使っていたに違いないよ」

「その原始人の姿こそ、私があなたを見て真っ先に連想したイメージだわ」あの日曜の朝のことを思い出しながらスザンナは言った。「あなたがアレックスを見る目を変えてくれたのはうれしいけれど、弟のほうではあなたに対する見方を変えていないし、変える気もないんじゃないかしら。私たちがこんなふうにして会い続けてたことを知ったら、弟は死ぬまで私を恨み続けると思うわ」

「すると、僕のことは何も話していないのか？」

「病状がもっと安定するまでは話せないわよ」

「君の論理は矛盾しているとは思わないのかい？　他人のために生きるのはいやだと言いながら、弟がいやがるから僕とは付き合えないとも言う。どっちが本音なんだ、はっきりしたまえ」

「矛盾なんかしていないわ。私の実の弟があなたを嫌っているという事実は動かしようがないわよ」

「シーアンには、どうしてもアレックスに会いたいのなら会ってもいいと言っておいた」

スザンナは唇を曲げて冷笑した。「百八十度の方向転換っていうわけね。でも、これから先、またあなたの気が変わらないっていう保証がどこにあるの？　つかの間の甘い夢を見させてもらえただけでも、あの二人はあなたに感謝しなくちゃいけないの？」

「どうしてそういうひねくれた見方しかできないんだ！」ニールはもどかしげな声で言った。「いや、僕の話の持っていき方も悪かったようだ。君のほうでも僕を愛してくれているということは、ちゃんとわかっている。君はただ、自分だけの妙な理屈をこねくり回して、真実から頑固に顔を背けているだけなんだ。君はシーアンに早く大人になれと言ったそうだな？　実に的確な助言だよ。同じ助言を、他人ばかりでなく自分にも与えてやったらどうなんだ？　本当の大人になっていないからこそ、君は愛におびえ、愛を怖がってしまうんだよ。ある意味では正しい態度ともいえる。精神的に未熟な者が愛に手を出すと、とんでもないやけどをするのが落ちだからな。愛という宝物を入れた金庫のある部屋には〝未成年立入禁止〟の看板を出しておくべきだ」

思わずうなずきかけた自分を、スザンナは心の中でしかった。「何を言われようと、私の気持は変わらないわ。あなたの手で変えられると思うなら、どうぞ、やってごらんなさいよ！」

「ありがたい」とつぶやくやいなや、ニールはタオル地のひもをするりとほどいて、スザンナのガウンを両側に押し広げた。全身が石に変わっていくような衝撃に彼女が息を止めたとき、ニールもまた大きく息を吸いこんで身動きを止めた。数秒後、彼の口から荒々しい吐息が出たのを合図に、彼の両手がゆっくりと動いてスザンナの胸のふくらみにそっとかぶさった。

スザンナの体は氷のように冷たく、顔は火のように熱くなった。震える手でガウンをかき合わせようとしたが、ニールはやにわにベッドに飛びのって彼女の両腕を押さえつけてしまった。大きな体が重くのしかかり、凶暴な口がキスを求めて突進してきたとき、彼女は唇を強く結んで顔を背けようとした。しかし、ニールの口はどこまでも追いすがり、ついに目的を遂げて満足のうなり声をあげた。スザンナはなかば捨てばちに自分の敗北を悟り、自由になった両腕をニールの首筋に巻きつけて目を閉じた。

片手を彼女の胸に残したまま、ニールはもう片方の手で今日の水泳でわずかに日焼けした滑らかな肌をこのうえなく優しく愛撫《あいぶ》する。それにつれて火のような欲望がスザンナの体を駆け巡り、全身をじりじりと焦がしていく。その痛みに耐えかねたように、彼女の両手は前に回って白いワイシャツのボタンを外し始めた。ニールが再びうなり声をあげ、自分でボタンを外してワイシャツと上着をかなぐり捨てる。日は既にとっぷりと暮れ、明るい満月が部屋の中に青白い光を投げかけていた。

スザンナの胸に熱い顔をうずめながら、ニールはしわがれた声で言った。「堂々巡りの議論はやめようじゃないか、スザンナ。僕は君を愛している。君はたぐいまれな毒舌とユーモアで僕の心の中に浸入し、僕という人間を変えてしまった。君なしでは生きられない人間に変えてしまったんだよ。知ってのとおり僕は欠点の多い人間だ。しかし、君との間のかけ橋を築き上げるためなら、僕はどんな努力も惜しまないつもりだ」そうしゃべっている間も、彼の唇は震える胸をたんねんに愛撫し続けていた。

「かけ橋？」スザンナは自分の欲望を最後の一線で押しとどめながら小さな声で問い返した。「それが体の交わりの意味なら、あなたは私なしでも充分に生きられるわ。性衝動は単なる化学反応の一種よ」

「君の体だけが欲しければ、僕は君が許そうが許すまいが、とっくに目的を果たしていたはずだ」ニールはくぐもった声でつぶやいた。「ある日を境に、僕は一人の女性と一生をともにしたいという野望を抱いてしまったんだよ。その女性は、何から何まで僕の母親と正反対の人だ。初対面の僕に媚《こび》を売る代わりに、僕をののしり僕に平手打ちを食わせた女性——君にぶたれたあのときから、僕は君を愛し始めたらしい」

スザンナは無念のうなり声をあげた。「あなたに媚を売ればよかったんだわ。そうすれば、頼まなくてもあなたは逃げていってくれたのに！」

かすれた声で笑ったあと、ニールは静かに話を続けた。「セックスはデコレーションケーキの表面に塗ってあるホワイトチョコレートだよ、スザンナ。甘くて舌がとろけるように魅惑的ではあるが、愛の本質的部分ではない。互いの体を求め合うという以外にも、我々はたくさんの共通点を持っている。ユーモアのセンス、不正を憎み、正義を愛する心……まだまだあるし、これからも二人でたくさんの共通点を作っていけるはずだ」

スザンナは不意に息をのんだ。今の言葉に対してではなく、それをしゃべるニールが残りの衣服も脱ぎ捨てようとしていることに仰天したのだ。はけ口を求めて渦巻いていた欲望が、一つの目的を見つけて急速に募っていく。負けまいとして、彼女は必死に歯を食いしばった。

静かに服を脱ぎ終えたニールは、そっと体を起こしてスザンナの傍らにひざまずいた。窓からの月光が彼の顔に濃い陰影を与え、灰色の目は異様なまでの光を放っている。

「愛しているよ」彼は暗く沈んだ声で言った。「もし僕を愛していないなら、今すぐはっきり言い渡してくれ。そうしたら、僕はこのまま服を着て帰る」

「今すぐだなんて言われても……」無理な選択を強要された怒りと、ニールに去られる恐怖との板挟みになって、スザンナは泣きたくなった。

「君の本当の気持を言ってくれればいいんだ。僕にここからいなくなってほしいのかい？」

「……いいえ」苦悩に満ちたささやきをもらしたあと、スザンナは長いため息をついた。たやすい選択ではなかったが、やはり自分に嘘をつくことはできなかった。それでよかったのだという満足感が心の片隅に芽生え、たちまち全身に広がっていくのがわかる。

「愛しているよ」再び静かにつぶやいたニールの口が、ゆっくりと下りてきた。スザンナは両手を差し伸べて彼の頭を優しく抱き寄せ、震える唇を差し出した。

「私もよ、ニール」迷いの霧が去ると、まばゆいばかりの真実がくっきりと浮かび上がって、スザンナの心を幸せなぬくもりで包んだ。「愛しているわ、心から」

荒々しい吐息とともに始まった激しいキスが、ニールの返事だった。スザンナは熱い歓喜に大きく体を震わせ、愛する人にいざなわれるまま、大人の領分へ堂々と最初の一歩を踏み入れていった。

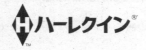

ハーレクイン・ロマンス　1986年3月刊（R-449）

大人の領分
2025年1月20日発行

著　　者　シャーロット・ラム
訳　　者　大沢　晶（おおさわ　あきら）

発 行 人　鈴木幸辰
発 行 所　株式会社ハーパーコリンズ・ジャパン
東京都千代田区大手町 1-5-1
電話 04-2951-2000（注文）
0570-008091（読者サービス係）

印刷・製本　大日本印刷株式会社
東京都新宿区市谷加賀町 1-1-1

ISBN978-4-596-71992-8 C0297

1月29日発売　ハーレクイン・シリーズ 2月5日刊

ハーレクイン・ロマンス

愛の激しさを知る

アリストパネスは誰も愛さない〈億万長者と運命の花嫁Ⅱ〉	ジャッキー・アシェンデン／中野　恵 訳	R-3941
雪の夜のダイヤモンドベビー〈エーゲ海の富豪兄弟Ⅱ〉	リン・グレアム／久保奈緒実 訳	R-3942
靴のないシンデレラ《伝説の名作選》	ジェニー・ルーカス／萩原ちさと 訳	R-3943
ギリシア富豪は仮面の花婿《伝説の名作選》	シャロン・ケンドリック／山口西夏 訳	R-3944

ハーレクイン・イマージュ

ピュアな思いに満たされる

遅れてきた愛の天使	ＪＣ・ハロウェイ／加納亜依 訳	I-2837
都会の迷い子《至福の名作選》	リンゼイ・アームストロング／宮崎　彩 訳	I-2838

ハーレクイン・マスターピース

世界に愛された作家たち
～永久不滅の銘作コレクション～

水仙の家《キャロル・モーティマー・コレクション》	キャロル・モーティマー／加藤しをり 訳	MP-111

ハーレクイン・ヒストリカル・スペシャル

華やかなりし時代へ誘う

夢の公爵と最初で最後の舞踏会	ソフィア・ウィリアムズ／琴葉かいら 訳	PHS-344
伯爵と別人の花嫁	エリザベス・ロールズ／永幡みちこ 訳	PHS-345

ハーレクイン・プレゼンツ作家シリーズ別冊

魅惑のテーマが光る
極上セレクション

新コレクション、開幕！

赤毛のアデレイド《ハーレクイン・ロマンス・タイムマシン》	ベティ・ニールズ／小林節子 訳	PB-402

※予告なく発売日・刊行タイトルが変更になる場合がございます。ご了承ください。

12月刊 好評発売中！

Harlequin 45th Anniversary

"ハーレクイン"の話題の文庫
毎月4点刊行、お手ごろ文庫！

作家イメージカラー入りの美麗装丁♥

『哀愁のプロヴァンス』
アン・メイザー

病弱な息子の医療費に困って、悩んだ末、元恋人の富豪マノエルを訪ねたダイアン。3年前に身分違いで別れたマノエルは、息子の存在さえ知らなかったが…。

（新書 初版：R-1）

『マグノリアの木の下で』
エマ・ダーシー

施設育ちのエデンは、親友の結婚式当日に恋人に捨てられた。傷心を隠して式に臨む彼女を支えたのは、新郎の兄ルーク。だが一夜で妊娠したエデンを彼は冷たく突き放す！

（新書 初版：I-907）

『脅 迫』
ペニー・ジョーダン

18歳の夏、恋人に裏切られたサマーは年上の魅力的な男性チェイスに弄ばれて、心に傷を負う。5年後、突然現れたチェイスは彼女に脅迫まがいに結婚を迫り…。

（新書 初版：R-532）

『過去をなくした伯爵令嬢』
モーラ・シーガー

幼い頃に記憶を失い、養護施設を転々としたビクトリア。自らの出自を知りたいと願っていたある日、謎めいた紳士が現れ、彼女が英国きっての伯爵家令嬢だと告げる！

（初版：N-224
「ナイトに抱かれて」改題）

※ハーレクインSP文庫は文庫コーナーでお求めください。